행복을 잃어버린 모든 분들께 이 책을 바칩니다.

언덕위의 아루스

초판발행 | 2017년 9월 1일

글과 그림 | 장형순

표지디자인 | 장형순

펴낸곳 | 지콘디자인

펴낸이 | 장형순

편집 | 장상원

인쇄 | 이삼영

이메일 | digitalzicon@naver.com

ISBN 979-11-950924-2-0 03810

정가 11,000원

차례

아루스는 내가 기억하는 마지막 모습 그대로 그곳에 앉아 있었다. 오후의 온기가 우리를 감싸고 있었지만 그를 만지는 나의 손은 얼어버릴 것만 같았다. 그의 귀에서 자란 나무도, 텅 빈 뱃속의 생명줄도 모두 검게 변해 있었다. 그가 앉아있는 돌 틈 사이에서 자라난 이름 모를 풀들이 돌처럼 굳어버린 그의 몸을 타고 올라갔다. 그의 눈빛은 더 이상 하늘빛이 아니었다. 깊은 바다 속의 어둠과도 같았다. 그의 몸은 검게 그을려 있었고 왼쪽 어깨는 처참하게 찢겨져 있었다. 감당하기 힘든 죄책 감이 밀려왔다. 눈물이 내 눈에서 그의 발로 흐르고 있었다. 그가 조금만 작았다면 나는 그를 부서질 듯 안아주었을 것이다.

아루스, 나의 하나뿐인 친구.
내 기억은 그렇게 아픔과 함께 돌아오고 있었다.

언덕위의 아루스

여행

위드미드와 루알렌(1)

누구에게나 공평한 행복이 주어지는 것이라면 내가 행복했던 시간은 기억나지 않는 어린 시절, 내 고향 에알룸에 있었을 것이다. 아루스, 그 이름이 내게 금지되지 않았다면 나는 그의 이름을 기억하려는 노력조차 하지 않았을지도 모른다. 살아있는 동안 다시 불러 볼 수 있을 것이라고 상상조차 해 본적 없는 이름. 어른이 되면서부터는 그 이름이 〈뒤죽박죽이 된 내 어린 시절의 기억이 만들어 낸 상상속의 친구〉라는 생각마저 들게 되었다. 여하튼 내가 기억 속의 그 이름을 다시 꺼내게 된 계기는 〈루알렌의 부탁〉 이었을 것이다.

"할아버지 이 단추 좀 끼워 주세요. 어디부터 잘못 끼워진 건지 도통 모르겠어요."

방학을 맞아 나를 보러 온 루알렌이 옷을 입다 말고 내게 도움을 청했다. 며칠 전부터 외출하기 힘들 정도로 많은 비가 내리고 있었기에 왜 이런 날씨에 루알렌이 그 옷을 입으려는 지 궁금해서 이유를 물어보려 했으나 그 옷을 자세히 보는 순간 내가 하려던 질문을 하얗게 잊고 말았다. 그 블라우스에는 열두 개나 되는 단추가 달려 있었기 때문이었다. 돋보기안경을 끼고 한참을 들여다보고서야 비로소 어디서부터 잘못 끼워졌는지 찾을 수 있었다.

"여기서부터 잘못 끼워져 있구나. 세 번째 단추가 네 번째 단 춧구멍에 들어가 있잖니!"

그날 밤 꿈에 나는 입에 실을 문 채로 수많은 단춧구멍을 헤매고 다니는 개미가 되어 있었다. 아침에 잠을 깨는 순간 나는 커다란 소리로 이런 말을 내뱉었다.

"내 삶은 꼬였어. 첫 단추부터 다시 끼울 거야!"

"할아버지, 어떻게요?"

먼저 잠에서 깬 루알렌이 깜짝 놀라 뛰어와서 물을 만큼 말이다!

"여행을 떠나야겠어. 내 고향 에알룸에 갈 거야. 내가 네 나이 때 왜 거기를 떠나왔어야 했는지 알아야겠어. 이제라도 그런 생각이 들었다는 것이 정말 다행이구나."

"제 나이 때 고향을 떠나셨다고요?"

난 이제까지 누구에게도 나의 어린 시절 이야기를 꺼낸 적이 없었다. 며칠 동안 지루해하던 루알렌은 잔잔한 호수 속에서 물고기라도 찾은 양 호기심 가득한 눈으로 내게 물었다.

"그럼 그곳에 어떻게 찾아가야 하는지 아세요?"

이번엔 갑자기 머릿속이 까매졌다.

"가만있자, 에알룸과 가까운 역 이름이 뭐였더라?"

루알렌이 대답을 기다리며 물끄러미 내 얼굴을 쳐다보았다.

"루알렌, 할아버지가 〈특별한 날〉의 신문을 모아둔 곳 알지?
거기 가서 그 신문 꾸러미를 이리 가져와 보겠니?"

나는 루알렌이 가져온 신문들을 뒤적거린 후 삼십 년 전의 신
문 한 장을 찾았다.

"여기 있구나!"

루알렌이 내 어깨 너머로 신문의 날짜를 확인해 보고는 이렇
게 말했다.

"제가 태어나기도 훨씬 전의 신문이네요."

신문의 헤드라인에는 이렇게 적혀 있었다.

〈더 이상 사람이 살지 않는 물래 마을 / 물래 역 폐쇄 - 철 무
지개 이대로 둘 것인가?〉

01. 오래된 신문을 찾아보는 위드미드

내 어린 시절의 기억은 정확하지 않을지도 모른다. 아마도 내가 열두 살 무렵이었을 것이다. 내 고향 에알룸에서 큰 사고가 있었고 나는 그 사고로 인해 머리와 몸을 크게 다쳤다. 그 일은 에알룸에 살았던 모든 사람들이 알 만큼 큰 사건이었다. 며칠 뒤 부모님은 다시는 이곳으로 돌아오지 않겠다며 나를 데리고 에알룸을 떠났다.

그날 이후 부모님은 큰 병원을 찾아 몇 군데의 마을을 더 돌아다닌 끝에 이 도시에 정착했다. 오로지 나의 재활을 위한 이주였다. 부모님은 사고 전의 내 기억을 찾아주기 보다는 잊게 하기 위해 노력하셨다. 마치 에알룸은 처음부터 세상에 없었던 것처럼 고향 이야기를 입 밖에도 꺼내지 못하게 하셨으니까 말이다.

몇 년 후 재활이 끝날 무렵에는 부모님의 바람대로 내 어린 시절의 기억들이 대부분 잊혀졌다. 에알룸에서 어떻게 살았는지, 어디에서 누구와 놀았는지 거짓말처럼 기억이 나지 않았다. 나중에 들은 이야기지만 우리 가족이 에알룸을 떠나온 이후 남아있던 사람들도 차츰 고향을 떠났고 얼마 후 에알룸은 아무도 살지 않는 마을이 되었다고 했다.

하지만 시간이 지나도 내 기억에서 지워지지 않는 것이 두 개 있었다. 그것은 우리 마을에 있던 거대한 철 무지개와 그 철 무지개 관리자의 이름이었다. 내가 기억 속의 그 이름을 꺼내려 하면 부모님은 언제나 이렇게 말씀하셨다.

"안 돼 위드미드, 다시는 그것의 이름을 꺼내지 마라, 기억하려 하지도 말고. 그건 네 친구가 아냐, 기계일 뿐이야. 그것은 철 무지개의 관리자이면서도 우리의 희망인 철 무지개를 파괴했고 아무런 잘못이 없던 너를 크게 다치게 했어. 너는 그것이 일으킨 사고로 죽을 수도 있었다는 걸 명심해라."

왜 그것이 다른 사람이 아닌 나를 다치게 했는지 정말 궁금했다. 그 이야기를 더 물으려 하면 부모님은 언제나 이런 말로 끝을 맺으셨다.

"더 이상은 묻지 마라, 우리 뿐 아니라 에알룸에 살았던 모든 사람들도 그것의 이름을 다시 듣고 싶어 하지 않는다는 것 역시 잊지 말기를 바란다."

이후 나는 이 복잡한 도시의 삶에 적응하지 못하고 불편한 몸과 마음으로 다른 사람들을 따라가기 바빴다. 평생을 신문사에서 편집 일을 했는데 언제나 뒤쳐진 느낌을 갖고 살았다. 그리고 나는 강으로 흘러가야 하는 개울물처럼 은퇴를 했다. 그러자 마음은 몸보다 더 늙어버렸고 그늘진 내 삶을 아무런 미련 없이 마감하고 싶다는 생각마저 들게 되었다. 의미 없이 살아온 삶의 대가를 치르는 것 같았다.

02. 지팡이에 머리를 기대고 앉아있는 위드미드

장맛비가 그치자 이제 막 시작한 연극의 배경처럼 새로운 세상이 창밖에 펼쳐졌다. 우리는 무겁지 않게 짐을 싸서 집을 나섰다. 나는 평소 습관대로 만년필을 목에 걸고 상의 주머니에는 작은 수첩도 넣었다. 배낭에는 약간의 돈과 작은 담요, 며칠 분의 빵, 그리고 물을 담았다. 루알렌은 크지 않은 스케치북을 자신의 배낭에 넣으며 말했다.

"할아버지, 제가 그림 그리기 좋아하는 거 알죠?"

"당연하지 루알렌, 그 스케치북도 내가 사 준거잖니?"

루알렌이 같이 가자고 하지 않았다면 아마 용기를 내지 못했을 지도 모른다. 나는 기차역으로 걸어가는 동안 기대감으로 들떠 있었다.

"할아버지, 천천히 가세요. 그러다 넘어지시겠어요."

뒤 따라오던 루알렌이 말했다. 내 발걸음이 평소보다 빨랐던 모양이다. 역에 도착한 우리는 다른 사람들처럼 표를 사고 대합실에 앉아 기차를 기다렸다. 이른 아침이라 그런지 기차역은 한산했다.

"할아버지, 그렇게 좋으세요? 어린아이 같아요."

'내가 웃기라도 했던 걸까?'

기차 안에도 사람들은 그리 많지 않았다. 나는 루알렌과 마주
보고 앉아서 옆 자리에 배낭을 내려놓고 지팡이를 커튼 옆에
기대어 두었다. 기차의 속도가 그리 빠른 편이 아니었음에도
불구하고 불과 몇 분도 되지 않아 내 삶이 묻어있던 장소들이
모두 눈앞에서 사라져 갔다.

'저렇게 작은 도시에서 평생을 살았다니...'

우리는 점심으로 삶은 달걀과 음료수를 사서 먹었다. 루알렌은
창 밖의 풍경에 푹 빠져 있었다. 기차가 광활한 로미나스 평야
로 접어들 때 쯤 나는 가만히 눈을 감았다. 한 달음에 일 년씩
과거로 가고 있는 느낌이 들었다.

'드디어 에알룸으로 가는 거야, 거기에서 내 첫 단추를 찾아
서 다시 끼울 수 있다면 분명히 내 남은 삶도 아름답게 바뀔
거야.'

하지만 걱정도 앞섰다.

'그런데 거기에 가면 과연 그 곳에서의 시간들이 기억날까?'

"할아버지!"

마주 앉은 루알렌이 다급하게 나를 부르는 소리에 눈을 떴다.

"무슨 일이니 루알렌?"

"숨을 안 쉬시는 줄 알았어요."

그 아이가 걱정스런 눈빛으로 나를 쳐다보고 있었다. 나는 눈을 감고 여행에서 겪게 될 걱정스런 상황들을 그려보고 있던 중이었다.

"루알렌, 정말 고맙다."

"뭐가요?"

"나와 같이 와준 거, 할아버지의 어린 시절 기억을 함께 찾아주고 싶었던 거잖아. 네 덕분에 가는 길이 심심하지도 않고 말이지."

내 말에 루알렌은 마치 어려운 숙제를 방금 마친 학생처럼 만족스런 표정으로 좌석의 등받이 깊숙이 몸을 기대고 눈을 감았다. 그 아이 역시 나만큼 피곤한 모양이었다.

03. 기차에서 로미나스 평야를 바라보는 위드미드와 루알렌

루알렌이 다시 입을 연 시간은, 한낮의 태양이 창을 비추기 시작할 때 쯤 이었다. 나는 졸린 눈을 한 채 창 안으로 들어오는 태양 빛을 막기 위해 커튼을 닫고 있었다.

"아루스!"

나는 세상에 없는 말을 들은 사람처럼 깜짝 놀라서 물었다.

"뭐라고 했니, 루알렌?"

"아루스를 보러가는 거 맞죠? 할아버지의 하나뿐인 친구 말이에요!"

졸음이 한 순간에 날아가 버렸다.

"내가 그 이름을 말한 적이 있던가?"

"그럼요, 제가 아주 어렸을 때요. 기억 안 나세요? 유난히 추웠던 겨울 방학 때였어요."

"내가 어떤 이야기를 했었는지도 기억이 나니?"

"물론이죠, 그날은 너무 추워서 놀이터에서 놀 수 없었어요. 거실 흔들의자에 앉아 창밖에 달려있는 빈 새장을 물끄러미 쳐다보고 있었는데 할아버지께서 말씀하셨어요. 할아버지와 어릴 적 같이 놀았던 친구의 몸에는 놀이터가 있었다고요. 그 놀이터에서 언제나 혼자 있었지만 외롭지 않았다고 했어요."

루알렌에게 아루스의 이야기를 했다는 것이 정말 하나도 기억나지 않았다. 하지만 더 비참하게 느껴졌던 건 불과 몇 년 전까지도 남아있던 내 어린 시절 기억의 파편들까지도 이젠 거의 지워져 버렸다는 것이다.

루알렌이 연필과 스케치북을 꺼내어 내 무릎 위에 올려놓고 물었다.

"아루스는 어떻게 생겼어요?"

갑작스런 루알렌의 행동에 나는 조금 당황했으나 목에 걸고 있는 만년필을 만지작거리며 천천히 기억을 더듬어 보았다. 그리고는 잠시 후 스케치북을 다시 루알렌의 무릎에 올려놓으며 말했다.

"네가 그려봐라 루알렌, 생각나는 대로 얘기해 볼게." 루알렌은 내 이야기에 귀를 기울이며 열심히 그림을 그렸다. 나 역시 아루스의 모습을 얼마나 기억하고 있는지 궁금했다.

"이렇게 생겼어요?"

루알렌이 그림을 내게 보여주었을 때 나는 하마터면 크게 웃을 뻔 했다.

"그렇게 웃기게 생기지는 않았단다. 더 심각하게 생겼던 것 같아."

나는 루알렌의 그림을 보고서야 비로소 아루스에게는 표정이 없었음을 기억해 냈다. 커튼을 다시 열었을 때 로미나스 평야 너머로 아름다운 석양이 펼쳐지고 있었다.

04. 위드미드의 이야기를 듣고 루알렌이 그린 아루스

덜컹거리는 소리에 눈을 떠 보니 기차가 구로역을 막 지나고 있었다. 아직 어둠이 짙은 새벽이었으나 꿈자리가 좋지 않았기에 다시 잠들 수 있을 것 같지는 않았다. 며칠 째 흔들리는 기차에서 지내서 그런지 온 몸이 뻐근했다. 레일 위를 달리는 기차 소리만 규칙적으로 들릴 뿐 사방이 고요했고 스산한 느낌마저 들었다. 비상등 아래로 의자에 몸을 파묻은 채 피곤에 지쳐 잠들어 있는 사람들의 실루엣이 보였다. 루알렌은 가져온 담요를 머리까지 덮어쓰고 쌔근쌔근 소리를 내며 자고 있었다. '이번이 물래 역 일 것 같은데….'

내 예상대로 여명이 밝아올 때 쯤 비로소 기차가 물래 역을 지나치고 있었다. 물래 역은 신문에 나와 있던 대로 폐쇄되었기에 우리는 다음 역에서 내려야 했다. 나는 에알룸이 있음직한 방향으로 몸을 돌려 창밖을 바라보았다.

이삿짐을 실은 마차를 타고 고향을 떠나던 육십년 전 그날의 내 모습이 어렴풋이 떠올랐다.

우리가 탄 기차가 도림역에 도착했을 때는 햇살이 눈부신 아침이었고 루알렌과 내가 집을 나온 지 꼭 나흘 만이었다.

"내리자 루알렌, 많이 걸어야 할 거야. 할 수 있지?"

"할아버지가 더 걱정 되요, 한 걸음 한 걸음이 힘드시잖아요."

한껏 기지개를 켠 루알렌이 내 지팡이를 쳐다보며 대답했다.

우리는 역을 빠져나와 주변을 둘러보았다. 도림역에서 내린 사람은 우리 말고도 네 명이 더 있었으나 약속이나 한 듯 모두 애오개 방향으로 걸어갔다.

"할아버지, 에알룸은 어느 쪽 이예요?"

"아마도 이쪽 길일 거야. 이쪽에는 이정표가 없잖니."

나는 이정표가 없는 길로 루알렌과 함께 한 시간 쯤 걸어가다 잠시 멈추어 서서 지팡이에 힘을 싣고 큰 호흡을 하며 눈을 감았다.

"할아버지, 이 근처에서 쉬었다 갈까요?"

그런 내 모습을 보고 루알렌이 걱정하듯 말했다.

"힘들어서 그런 게 아니야, 〈에알룸의 숨소리〉를 느껴보는 중이란다."

"에알룸의 숨소리? 그게 무슨 소리예요?"

얼마를 더 걸으니 버스 정류장이 보였다. 우리는 정류장의 벤치에 앉아서 버스를 기다려 보기로 했다.

"버스가 올까요?"

"글쎄다, 나도 잘 모르겠구나. 일단 여기서 아침 식사를 하자."

우리는 이미 딱딱해져 있는 빵을 꺼내어 입에 넣었다. 아침저녁으로 늦여름의 선선한 바람이 부는 날씨였지만 아침 햇살은 생각보다 따가웠다. 다행히 가로수들이 훌륭한 그늘을 만들어 주었다. 루알렌이 빵을 입에 잔뜩 넣은 채로 물었다.

"에알룸은 어떤 곳이었어요?"

"알잖니 루알렌, 할아버지가 옛날 기억을 잘 못 한다는 거."

"그건 알지만요…"

하지만 여행을 떠난 이후부터 조금씩 생각이 나는 것들도 있었다. 우리는 그 벤치에서 꽤 오랜 시간 동안 버스를 기다렸다. 과연 이 길이 버스가 다니는 길이 맞는 건지, 이 정류장도 물래 역처럼 폐쇄된 것은 아닌지 알 수가 없었다. 에알룸에 대한 이야기를 마친 후에도 버스가 오지 않으면 다시 힘을 내어 걸어갈 생각이었다.

"에알룸에는… 어… 철공소가 많았어. 그래서 사람들은 우리 마을을 〈철공소 마을〉이라고도 불렀지. 우리 마을에서 만들었던 것들은 모두 다른 곳으로 팔려나갔어."

루알렌이 배낭 속의 스케치북을 꺼낼까 말까 망설이는 것 같았다.

"낮이건 밤이건 망치로 쇠를 두드리는 소리가 끊인 적이 없었어. 그래서 우리 마을 사람들은 그 소리를 에알룸의 숨소리라고 불렀단다."

"아까 하셨던 말이네요, 에알룸의 숨소리..."

루알렌은 이제 그것이 무슨 소리였을 지 조금은 이해하는 것 같았다. 에알룸에 가까이 가고 있다고 느껴질수록 내 머릿속엔 지워졌던 특별한 기억들이 거짓말처럼 떠오르고 있었다. 놀라운 일이었다. 하지만 어쩌면 그것들은 〈기억〉의 모습을 한 〈상상〉인지도 모를 일이었다.

05. 버스정류장 벤치에서 위드미드의 이야기를 듣고 있는 루알렌

이야기를 끝낼 때 쯤 멀리서 버스 한 대가 먼지를 일으키며 달려오고 있었다. 나는 안도의 표정을 지으며 루알렌을 쳐다보고 말했다.

"기다린 보람이 있구나!"

버스의 문이 열리자 루알렌이 반짝이는 눈으로 운전사에게 이렇게 물었다.

"에알룸 가죠?"

"에알룸? 거기가 어디니?"

그는 에알룸이라는 이름을 처음 들어보는 모양이었다. 내가 〈물래 마을〉이라고 고쳐 말하자 운전사는 이미 오래 전부터 어떤 버스도 그 마을로는 가지 않는다고 했다. 대신 물래 마을로 가기에 그나마 적당한 정류장에 우리를 내려 줄 수 있으니 버스에 타라고 말했다.

버스 안에는 우리 말고는 아무도 없었다. 그는 버스가 달리는 내내 퉁명스런 표정을 하고 운전에만 집중하고 있었다. 가끔 경계하는 눈초리로 힐끗 우리를 돌아볼 뿐이었다. 운전사는 우리가 꽤나 이상한 사람들이라고 생각하는 모양이었다. 나 역시 굳은 표정으로 창밖만 바라보았다. 일곱 정류장 후에 버스는 사거리에 도착했다. 그가 문을 열어 주며 말했다.

"여기에 내려서 걸어가야 할 거요. 당신들이 찾는 마을이 어느 방향인지는 나도 잘 기억나지 않는군요."

우리가 내리자마자 버스는 아까보다 더 빠른 속도로 우리 눈앞에서 사라졌다.
"부앙~."
커다란 버스의 엔진 소리가 귓전에 울렸다. 흙먼지가 자욱한 가운데 오전의 햇빛이 나무들의 그림자를 강렬하게 드리우고 있었다.

"할아버지, 왜 그 사람은 에알룸을 모르는 걸까요?"
루알렌의 질문에 머릿속이 잠시 복잡해졌으나 이내 그 이유를 알 것 같았다.
"루알렌, 우리 마을 사람들만 우리 마을을 에알룸이라고 불렀었어."
루알렌의 그림자 방향을 보니 가야할 방향을 알 수 있을 것 같았다.
"그럼 마을의 원래 이름은 뭐예요?"
잠시도 기다리지 못하는 루알렌이 물었다.
"조금 전에 내가 운전사에게 했던 말을 너도 들었잖니? 원래 이름은 물래 마을이야."

"그럼 왜 사람들이 물래 마을을 에알룸이라고 부르게 된 거예요?"

"이쪽이 서쪽이겠구나, 이리로 가자. 에알룸은 서쪽에 있을 거야!"

나는 루알렌의 질문을 못 들은 체하고 화제를 바꿨다. 루알렌은 내가 작은 소리를 듣지 못한다고 생각했을 지도 모른다. 지금은 그 이유가 생각나지 않지만 시간이 지나면 뭔가 기억날지도 모를 일이었다. 나는 어떤 확신을 가지고 루알렌을 서쪽 길로 이끌었다. 삼십 분 쯤 지났을 때 루알렌이 말했다.

"나무가 너무 울창해요. 길이 없어지는 것 같아요."

정말이었다. 길가에 뿌리를 내리고 있던 나무들의 줄기와 가지가 길을 가로지르고 있었다.

"길은 있어. 아니 있었지. 사람이 다니지 않으니까 길가의 나무들이 서로 친구가 된 거야."

나는 한 치의 의심 없이 루알렌의 손을 잡고 나뭇가지를 헤쳐가며 서쪽으로 걸어갔다. 저 너머에서 에알룸의 숨소리가 분명히 나를 부르는 것처럼 느껴졌기 때문이었다.

06. 에알룸으로 가는 숲길

어렵게 길을 뚫고 한 시간 쯤 더 걸어가니 드디어 파란색으로 칠해진 철문이 보였다. 우리 마을로 들어가는 문이 틀림없는 것 같았다. 철문의 파란색이 아직도 내 기억 속에 어렴풋이 남아 있었기 때문이다. 철문을 자세히 보니 여러 군데에 녹이 슬어 있고 많은 부분의 페인트가 벗겨져 있었다. 파란색이 벗겨진 부분에는 노란색이 보였고 노란색의 안쪽엔 보라색, 그 안쪽엔 검정색이 보였다. 이 문이 노란색, 보라색, 검정색일 때 이곳은 어떤 마을이었을까? 나는 여러 가지 생각이 뒤섞인 감정으로 철문을 힘주어 밀었다.

"끼이이익."

오랜 세월동안 열린 적이 없었음을 짐작케 하는 소리가 났다. 그것은 시간을 여는 소리였고, 잘못 끼워진 단추를 푸는 소리였다. 문을 열고 들어서니 커다란 광장이 나왔다. 광장 가운데에는 이미 바짝 말라버린 원형 분수대가 있었다.

"할아버지, 이 장소 기억나세요?"

루알렌이 광장과 나를 번갈아 보며 물었다.

"그, 그런 것 같기도 하고..."

사실 잘 기억이 나지 않았다.

'이렇게 큰 광장조차 잘 기억하지 못하고 있군, 그러니 다른

것들이 생각난다고 해도 과연 그 기억이 맞는 것이라고 할 수 있을까?'

하지만 몇 분의 시간이 지나자 이 장소에서도 조금씩 떠오르는 것들이 있었다. 지금은 두꺼운 세월의 먼지로 덮여 있어서 비록 그 화려함을 찾을 수 없지만 어렴풋한 기억 속에서 광장 바닥은 분명 형형색색의 블록들로 포장이 되어 있었다.

'바닥의 색깔이 기억나는 것으로 보아 이 광장은 내가 종종 왔던 곳이었을 거야. 이곳에서는 어떤 일들이 벌어졌을까?'

무성하게 자란 광장의 나무들 너머로 우리의 눈이 머무는 곳이 있었다. 잊지 못할 〈철 무지개〉였다.

그 많은 나무들로도 가려지지 않는 것.

모두가 마을을 떠났어도 아직 여기에 남아 있는 것.

우리 마을의 하늘에서 한 번도 사라진 적 없고,

사람들의 기억 속에서 한 번도 잊혀 지지 않았던 것.

"루알렌, 내가 지금 철 무지개를 보고 있다는 것이 믿기지가 않는구나."

꿈에 그리던 철 무지개 앞에 다시 서 있다는 것이 정말 실감이 나지 않았다.

"하, 할아버지, 저걸 사람이 만들었다고요?"

루알렌은 입을 다물지 못했다. 나는 기억나지 않는 친구의 얼굴을 쳐다보는 표정으로 철 무지개를 바라보았다. 어린 시절 매일 봐 왔을 것이지만 지금 내 눈앞에 있는 그것은, 처참하게 부서져 있는 낯선 모습이었다. 검게 타버린 태양 같았다. 살 속의 뼈를 보는 것처럼 기이하게 느껴졌다. 하지만 그 거대한 몸집이 주는 중압감은 예전과 같이 나를 압도하고 있었다.

"배고파요 할아버지, 못 걷겠어요."

힘이 빠진 루알렌이 나를 벤치로 잡아끌며 말했다. 그리고 보니 어느새 해가 하늘의 한가운데 있었다. 가방 속에는 두 끼 분량의 빵이 남아 있었다. 우리는 광장의 벤치에 앉아서 빵과 얼마 남지 않은 물을 먹었다.

"철 무지개에 가까이 가 보셨어요?"

루알렌이 식사를 마치자마자 스케치북을 꺼내어 철 무지개를 스케치하며 물었다.

"어, 글쎄다…"

그건 내가 내게 묻고 싶은 말이었다.

'내가 저 곳에 가 보았던가?'

루알렌은 그림을 내게 보여주지도 않고 스케치북을 접으며 말했다.

"이제 가요, 할아버지!"

우리는 발걸음을 재촉했다.

07. 철 무지개를 바라보는 위드미드와 루알렌

듣던 대로 마을엔 아무도 남아있지 않았다. 단편적으로 기억나는 추억과 그리움만 거리에 맴돌 뿐이었다. 내가 어린 시절 무수히 걸어 다녔을 이 거리... 멈춰버린 바람 속을 걷고 있는 것 같았다. 불현듯, 밤이 되면 아무도 우리를 지켜주지 않을 것이라는 생각마저 들었다.

"루알렌, 서둘러야겠다. 가로등도 철 무지개도 켜지지 않을 테니 어서 마을을 둘러보고 어두워지기 전에 나가야지."

철 무지개가 보이는 방향으로 조금 더 걸어가 보니 사거리가 나왔고 왼편으로 가는 길에는 〈루세이 산〉이라는 푯말이 있었다.

"루알렌, 루세이 산 쪽으로 가보자."

"왜요? 철 무지개는 저쪽이잖아요."

루알렌이 의아하다는 듯 말했다.

"내 기억이 이쪽으로 가 보라는 구나."

우리는 햇살을 받으며 루세이 산 방향으로 걸음을 옮겼다. 길을 막고 무성하게 자란 나무들이 긴 세월동안 사람들이 다니지 않은 길임을 말해주고 있었다. 우리는 곧 루세이 산 입구에 도착했고 산길을 따라 걸음을 옮겼다. 오르면 오를수록 헤쳐 나가야 할 나무들이 더 많았고 경사도 심해졌다. 한낮의 뙤약볕은 절정으로 치달아 있었다. 땀범벅이 된 나는 외투를 벗어서 허리에 묶었다. 다행히 잠시 멈추어 설 때면 선선하게 부는 바람을 느낄 수 있었다.

"바람이 정말 상쾌하구나."
난 루알렌에게 덥다는 얘기는 하지 않고 이렇게 이야기했다.
"어디까지 올라가실 거예요?"
루알렌이 힘들었는지 큰 숨을 몰아서 쉬며 물었다.
"천천히 걸어야 해 루알렌, 이 산은 그리 높지 않을 거야. 첫 번째 봉우리까지는 가 봐야할 것 같구나."

이상하게도 루세이 산을 오를수록 내 삶 전체가 살아서 숨 쉬며 벅차게 꿈틀대는 것 같았다.
'내 삶 속의 동화를 다시 꺼낼 수 있을까?'
루알렌이 힘들어하는 것 같아서 이번엔 내가 쉬었다 가자고 했다.
"힘들지 않아요. 계속 가요, 할아버지의 첫 단추가 있는 곳으로!"
루알렌이 내게 힘을 주려는 듯 오른팔을 뻗어서 손가락으로 산 정상 방향을 가리키며 말했다.

무성한 풀숲을 헤치고 한참 오르니 루세이 산의 중턱에 이르렀다. 신기하게도 이곳에서부터는 우리의 키보다 큰 나무가 그리 많지 않았다. 작은 나무들 사이로 무리를 이루고 피어있는 프라프라 꽃들이 우리들의 이야기를 하는 것 같았다. 우리는 이곳에서 낯선 이방인들이었으니까.

"할아버지, 여기서는 철 무지개가 정말 잘 보여요."
루알렌의 말처럼 광장에선 나무들로 가려져 잘 볼 수 없었던 철 무지개가 이곳에서는 한눈에 들어왔다. 그 옛날 누군가가 철 무지개를 구상한 장소가 이곳이 아니었을까 하는 생각이 들 정도였다.
"여기서 조금만 쉬었다 가자."
우리는 철 무지개가 잘 보이는 곳에 있는 바위에 걸터앉았다. 다행히 몇몇 나무들이 우리에게 그늘을 만들어 주었다. 루알렌의 작은 어깨도 땀에 차 있었다.

"부서져 버렸네요."
한참 동안이나 철 무지개를 쳐다보던 루알렌이 이렇게 말했다.
"그래 부서져 버렸지, 그러니 누구도 철 무지개에 다시 불을 켤 수는 없을 거야."

저것을 만들었을 당시 저 무지개는 분명 우리 마을의 간절한 꿈이자 희망이었을 것이다. 나는 철 무지개를 천천히 뜯어보면서 어릴 적 내 기억 속의 그것과 비교해 보기 시작했다. 거대한 쇠기둥들이 철 무지개의 아치를 지탱하고 있고 그 사이사이엔 그것을 만들 당시 사람들이 오르내렸을 것으로 추정되는 많은 사다리들이 있는 모습은 어릴 적 기억 그대로였다. 하지만 지금 눈앞에 보이는 사다리들은 대부분 끊어졌거나 부서져 있었다. 예전엔 궁금하지 않았을 것 같은 질문들이 머릿속에 가득 찼다.

'저것을 정말 우리 마을 사람들이 만들었을까?
저것을 만들기 위해 그 당시 마을의 철을 다 써버린 것은 아닌가?
저것을 완성하는데 얼마나 많은 시간이 걸렸으며 얼마나 사람이 동원 되었을까?
그리고 얼마나 많은 사람들이 저것을 만들다가 사랑하는 사람 곁을 떠났을까?'

누군가가 내 머릿속에서 육십년 간 봉인되어 있는 기억의 자물쇠를 부숴버리고 있는 것 같았다. 나는 저 거대한 구조물을 만들다가 죽거나 다친 사람들, 그리고 철 무지개가 빛을 잃으면서 아픈 마음으로 고향을 떠났을 사람들을 위해 잠시 기도했다.

어둠을 떨치고자 누군가 저런 것을 만들 생각을 했고
그 사람의 의견대로 여럿이 모여 저런 것을 만들 계획을 세웠다는 것.
그 계획을 실현시키기 위해 누군가는 모든 마을 사람들을 설득했을 것이고
협력의 결과물로 저것이 마을에 세워졌다는 것.
그리고 마침내 철 무지개에 불이 켜지고
대낮같이 밝았을 몇 백 년의 시간...

무엇 하나 놀랍지 않은 것이 없었다.
'우리 마을 사람들은 다른 세상에서 온 것일까?'

우리는 몸을 추스르고 다시 걸음을 떼었다. 갈수록 더 많은 나무와 풀들이 우리의 길을 막아서고 있었다. 그 모습을 보니 첫 번째 봉우리가 얼마 남지 않았다는 것이 느껴졌다. 루알렌이 많이 지친 목소리로 말했다.

"할아버지 너무 힘들어요. 길도 못 찾겠고요. 이제 내려가고 싶어요."

"루알렌, 조금 더 올라가 보자. 힘들게 여기까지 왔잖니? 저 풀숲만 지나면…"

"저 풀숲만 지나면요?"

"… 쉴 곳이 있을 거야 루알렌. 아니, 어쩌면 선물이 있을지도!"

풀숲을 헤치고 산을 오르는 우리의 모습이, 마치 선물을 싸고 있는 여러 겹의 포장지를 풀고 있는 어린아이 같다는 생각이 들었다.

'저 너머에는 정말 선물이 있을까?'
나는 강한 힘에 이끌린 사람처럼 루알렌의 손을 끌고 그 풀숲에 한 걸음 더 다가섰다.

08. 루세이 산 중턱을 오르는 위드미드와 루알렌

예상대로 그 풀숲은 마지막 관문이었다. 그곳을 지나자 우리는 허락되지 않은 커튼을 열어버린 관객이 된 것처럼 놀라서 멈춰 섰다. 아루스의 이름과 함께 각인되었던 장면이 섬광처럼 떠올랐다 사라졌다. 아루스는 내가 기억하는 마지막 모습 그대로 그곳에 앉아 있었다. 그 모습은 평생에 걸쳐 찾던 단 하나의 아픈 퍼즐조각이었다. 나는 지팡이를 내려놓고 그에게 다가가서 무릎을 꿇고 어루만졌다.

오후의 온기가 우리를 감싸고 있었지만 그를 만지는 나의 손은 얼어버릴 것만 같았다. 그의 귀에서 자란 나무도, 텅 빈 뱃속의 생명줄도 모두 검게 변해 있었다. 그가 앉아있는 돌 틈 사이에서 자라난 이름 모를 풀들이 돌처럼 굳어버린 그의 몸을 타고 올라갔다. 그의 눈빛은 더 이상 하늘빛이 아니었다. 깊은 바다 속의 어둠과도 같았다. 그의 몸은 검게 그을려 있었고 왼쪽 어깨는 처참하게 찢겨져 있었다. 감당하기 힘든 죄책감이 밀려왔다. 눈물이 내 눈에서 그의 발로 흐르고 있었다. 그가 조금만 작았다면 나는 그를 부서질 듯 안아주었을 것이다.

아루스, 나의 하나뿐인 친구. 내 기억은 그렇게 아픔과 함께 돌아오고 있었다.

잠시 후 내가 몸을 일으켰을 때 루알렌은 아루스의 등 쪽에서 텅 빈 배를 통해 나를 보고 있었다. 하지만 손을 뻗어도 루알렌을 만질 수 없을 것 같았다. 마치 그 아이와 나는 다른 세상에 있는 것 같았다.

다시 끼우고 싶었던 내 인생의 첫 단추가 조각나 버린 것 같았다.
우리의 재회가 과연 필요했을까?

09. 아루스의 배를 통해 위드미드를 바라보는 루알렌

위드미드의 회상

위드미드와 위드미드

상인이 위드미드를 유심히 쳐다보며 말했다.

"어제도 왔던 아이구나."

위드미드는 근처에 다른 사람이 있는지 확인하려고 주위를 둘러보았다.

"몇 살이니?"

주변에는 아무도 없었다.

"저요? 열두 살이요."

상인이 들고 있는 꽤 큰 좌판에는 에알룸에서는 보기 힘든 신기한 물건들이 많았다. 돋보기나 안경에서부터 작은 칼이나 시계, 이상한 장식이 달려있는 자물쇠와 머리핀 같은 것들이 좌판 안쪽의 홈을 따라 열을 맞추어 잘 정돈되어 있었다. 그의 모자에 달려있는 파란색 깃털도 위드미드의 호기심을 자극했다. 상인은 어제부터 좌판 고리에 걸려있는 끈을 목에 걸고 천천히 광장을 돌아다니고 있었다. 위드미드는 상인의 목이 꽤나 아플 것이라고 생각했으나 그보다 더 마음이 쓰였던 건 저 신기한 물건들을 언제 다 모았을까 하는 것이었다.

"너 친구가 없지?"

상인의 질문에 위드미드는 잦아드는 소리로 말했다.

"어, 어떻게 아셨어요?"

"어제도 혼자 왔었잖니."

상인은 남이 들어선 안 되는 이야기라도 하려는 듯 주변을 경계하며 조용히 물었다.

"너 이 마을에서 태어났니?"

"예."

그는 위드미드의 대답에 의미심장한 미소를 지으며 말했다.

"이 중에서 갖고 싶은 게 있지? 어제부터 내 좌판을 곁눈질로 쳐다보고 있던 거 알고 있다."

"저는 그, 그냥 구경만, 구경만 하러 온 거예요."

위드미드는 상인에게 속마음을 들킨 것 같아서 내심 불안했다.

"이 마을 사람들은 대부분 〈철 무지개의 전설〉에 대해 알고 있다지?"

"아, 예..."

"너 이름이 뭐니?"

"위드미드예요."

상인은 위드미드의 눈앞에 좌판을 들이밀고 말했다.

"뭐가 마음에 드는 지 골라 봐, 위드미드."

매년 시월 이십오일부터 삼일 동안 벌어지는 〈후릴린의 날〉 축제. 이 기간만큼은 물래 마을 입구의 광장에 여러 지역에서 온 상인들이 모인다. 물래 마을 사람들로서는 일 년 중 유일하게 다른 지역의 사람들이 가져온 진기한 음식과 신기한 물건들을 접할 수 있는 기간이다. 축제 기간 내내 마을의 철문이 개방되며 화려한 블록으로 포장되어 있는 넓은 광장과 후릴린의 동상이 있는 원형 분수대 주변은 언제나 북적대는 사람들로 발 디딜 틈이 없었다.

위드미드가 축제 둘째 날 그곳을 다시 찾은 이유는 유난히 관심이 가던 검푸른 색 피리를 다시 보기 위해서였다. 위드미드가 주춤거리며 손가락으로 그 피리를 가리키자 상인이 말했다.
"그럴 줄 알았다. 물래 마을 사람들은 이것을 알아볼 줄 알았다니까."
"그게 무슨 말씀이에요?"
"그건 알렘의 나무로 만들어졌다는 피리야. 이 마을에서 태어났다니 그 나무에 대해 들어본 적은 있겠지?"
"예, 알렘의 나무는 우리 마을에만 있다고 들었어요."

상인은 분수대 주변을 둘러싸고 있는 벤치 중 한 곳에 앉아 좌판을 오른쪽에 내려놓고 뻐근한 듯 목을 주무르며 말했다.
"너도 여기 앉아 보렴."

위드미드가 불안한 표정으로 그 옆에 앉았다. 상인은 깃털이 달린 모자를 벗어 좌판 위에 올려놓고 어린이같이 환한 표정을 지으며 위드미드를 쳐다보았다. 앞으로 나눌 대화가 무척이나 기대 되는 모양이었다. 물건을 팔 생각은 아예 없는 사람처럼 보였다. 분수에서 뿜어져 나온 물방울들이 간간히 등과 목에 닿았으나 춥게 느껴지지는 않았다. 점심시간이라 그런지 광장을 거니는 사람은 그리 많지 않았고 다른 상인들은 벤치에 삼삼오오 모여 앉아서 준비해 온 도시락을 먹고 있었다.

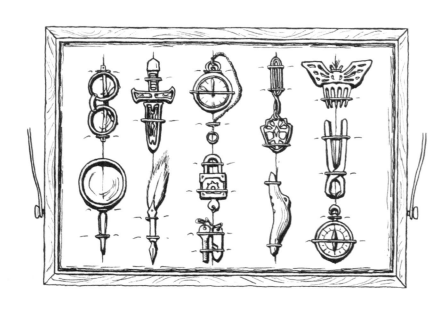

10. 상인의 좌판

"백년 쯤 전에 이 마을에 큰 홍수가 있었다지?"

"예, 그 이야기도 들은 적이 있어요. 그 비가 내릴 때 루세이 산에 있던 큰 나무가 벼락을 맞았고 영주의 성도 부서졌다고 들었어요."

"그 때 물래 마을에 있던 것들이 빗물을 따라 주변 마을로 흘러 갔겠지. 알렘의 나무로 만들어진 이 피리도 그 때 다른 마을로 가게 되었을 거야. 내게 이 물건을 판 사람은 이 피리가 물래 마을에서 온 것이 틀림없을 것이라고 했거든. 이런 나무는 다른 마을에서 볼 수 있는 것이 아니니까. 아마 피리에서 소리가 제대로 났더라면 내게 팔려고 하지도 않았을 거다."

피리에서 소리가 나지 않는다는 말에 적잖이 실망한 위드미드 에게 상인은 나지막이 말했다.

"걱정마라. 청소만 잘 하면 소리가 날 거다. 구멍이 좀 막힌 걸 테니까. 사실 난 불어보려고 노력하지도 않았어. 귀한 거라 는 건 알고 있었지만 그리 관심이 가지는 않더구나. 이건 주인 이 따로 있을 것 같았거든. 네가 원한다면 네게 주고 싶구나."

위드미드가 손사래를 치며 말했다.

"저는 이런 걸 살 만 한 돈이 없어요."

"돈은 필요 없다. 대신 철 무지개의 전설에 대해 들려줘. 그리고 왜 이곳 사람들은 이 마을 이름을 에알룸이라고 부르는 지도 알려주면 좋겠다."

상인은 무언가 기대한 듯 잠시 고개를 들어 크게 한숨을 쉬고는 주변의 눈치를 살핀 후 조용한 소리로 다시 말했다.

"내가 철 무지개에 대해서 얼마나 관심이 많은지 넌 모를 거다. 저런 건 사람이 만들 수 있는 게 아니야. 저것과 비슷한 것조차 다른 마을 어디에서도 볼 수 없었단다."

그는 철 무지개에 대한 이야기를 꺼내기만 해도 흥분이 되는 모양이었다. 상인은 다시 한 번 숨을 가다듬고 말했다.

"내가 철 무지개 이야기를 처음 들은 것은 꽤 오래 전이란다. 아마도 삼십 년은 되었을 거다. 그 당시에도 너무 궁금해서 직접 보러 오고 싶었지만 너도 알다시피 다른 마을 사람들이 이 마을에 들어오기는 쉽지가 않단다. 후릴린의 날 축제가 아니면 우리 같은 떠돌이가 어떻게 저 철문을 통과해서 이 마을에 들어올 수 있었겠니?"

그러고 보니 위드미드는 자신이 매일 보는 저 철 무지개를 삼십 년 동안이나 궁금해 했을 이 상인이 조금 애처롭게 느껴졌다.

"축제 때마다 여기저기 돌아다니며 이 마을 저 마을 사람들로

부터 철 무지개에 대해 얼핏 들어본 적은 있지만 내 궁금증을
풀어줄 만한 이야기를 해 주는 사람은 없더구나. 어쩌면 나는
저것을 직접 보기 위해 떠돌이 상인이 되었는지도 몰라."

상인의 강렬한 눈빛이 부담되어 위드미드는 조금 뒤로 물러
나서 앉았다.

"저도 자세히는 몰라요. 하지만 다른 마을 사람들이 우리 마을
전설에 대해 이런 저런 이야기를 한다는 것이 신기하네요. 이
곳 사람들한테 그 이야기를 들었을 리는 없으니 자기들이 추측
한 내용들이겠지만요."

"맞아, 나도 그렇게 생각한단다. 이 마을 사람들은 마치 비밀
을 지키려는 사람들처럼 입조심을 하는 것 같아. 특별한 일이
아니면 외지인들과는 말도 잘 섞지 않더구나."

"우리 마을 사람들은 조금만 어두워도 밖에 잘 나가지 않아
요. 〈재앙의 하늘〉 이후에는 웬만하면 집에서 시간을 보내요."

"재앙의 하늘?"

"두꺼운 구름이 처음으로 마을 하늘을 가린 날을 그렇게 불
러요."

"그것 참 재미나구나."

상인의 눈과 귀가 더욱 커진 것 같았다.

"대부분 철을 다루는 일을 하니까 거의 모든 일을 집에서 해요. 다른 사람에게는 별로 관심도 없고 모르는 사람과 이야기하는 것을 좋아하지도 않아요. 그러니 다른 마을 사람들이 우리 마을 사람들에게 이곳의 이야기를 듣는 일은 무척 드문 일일 거예요."

"그래서 그 이야기를 물래 마을 사람에게 직접 듣고 싶었던 거란다. 후릴린의 날 축제 때마다 이곳에 와서 마을 사람들에게 물어보기도 했었어."

"사람들이 대답해 주던가요?"

"아니, 들어선 안 될 질문을 들은 것 같은 표정을 짓고는 그냥 가더구나."

"우리 마을 사람들은 언젠가 다시 철 무지개에 불이 켜질 날을 기다리고 있어요."

"그래서?"

"마을의 이야기가 밖으로 새어나가면 그 날이 멀어진다고 생각해요. 물론 어떤 근거가 있는 건 아니에요."

"알면 알수록 궁금한 것이 많아지는 마을이네."

위드미드는 잠시 고민한 후에 말을 이어갔다.

"제가 들었던 이야기는 사실이 아니라 단지 마을에 내려오는 전설일 수도 있어요."

상인은 정말로 삼십년을 기다렸던 이야기를 듣는 것처럼 귀를 크게 만들고 말했다.

"네 입에서 나오는 이야기는 사실이라도 전설이고, 전설이라도 사실이야. 난 그렇게 믿을 거니까!"

위드미드는 자신이 상인을 실망시킬 수도 있다는 약간의 두려움을 가졌지만, 최선을 다해서 어렸을 때부터 들었던 물래 마을의 전설을 기억나는 대로 이야기해 주었다.

11. 후릴린 광장의 벤치에서 이야기를 나누는 위드미드와 상인

물래 마을은 철공소 마을로 불렸다. 오래 전부터 마을에 철공소가 많았기에 붙여진 이름이었다. 다른 마을 사람들이 어쩌다 물래 마을을 방문하게 되면 그 시끄러운 쇳소리를 견디지 못하고 오래지 않아 떠났다. 밤이 되면 그 소리는 잦아들었지만 사라지지는 않았다. 언제나 선명한 달빛이 마을을 비추어 주었기에 누군가는 쉬지 않고 일을 할 수 있었기 때문이었을 것이다. 밤에도 사라지지 않는 쇳소리가 있다는 것은 물래 마을 사람들에게는 당연한 것이었다.

하지만 언젠가 하늘에서 커다란 돌들이 떨어지기 시작했다. 한 달이 넘도록 그런 일이 계속되었고 그 이후 거대한 구름이 해를 가렸다. 어둠이 마을을 삼켜버린 것이다. 물래 마을 사람들은 그날의 하늘을 〈재앙의 하늘〉이라고 불렀다. 오랜 시간이 지나도 그 거대한 구름은 사라지지 않았고 마을 사람들은 집 밖으로 나가는 것을 꺼리게 되었다. 물래 마을의 십 이대 영주 후릴린은 온 마을의 철을 동원하여 마을 전체를 밝히는 거대한 인공 무지개를 만들 계획을 세웠다.

이 거대한 프로젝트는 건축가 로리파에게 맡겨졌다. 그는 철 무지개를 만들기에 앞서 하늘에서 떨어진 돌들을 관찰했고 그

속에서 특별한 무언가를 찾아냈다. 그것은 생명력을 지닌 유연한 금속과 빛을 내는 나무의 씨앗이었다. 그는 그 금속을 〈루스(미확인 물질)〉라고 이름 지었고 그 씨앗을 〈알렘(하늘나무)의 씨앗〉이라고 불렀으며 알렘의 꽃이 만들어 내는 빛을 이용하여 철 무지개의 불을 밝힐 계획을 세웠다. 얼마 후 로리파의 감독 아래 마을사람 전체가 동원된 철 무지개의 공사가 시작되었다.

로리파는 또한 루스를 이용하여 철 무지개의 관리자를 만들었고 그것에게 〈아루스(루스로 만든 사람)〉라는 이름을 지어주었다. 아루스에게는 특별한 임무가 주어졌는데 그것은 부지런히 알렘의 꽃을 찾아서 그 꽃에서 추출한 빛을 이용하여 철 무지개의 불이 꺼지지 않게 하는 것이었다. 거대한 작업이었기에 많은 시간이 소요되었다. 안타깝게도 후릴린은 철 무지개가 완성되는 모습을 보지 못하고 세상을 떠났고, 로리파 역시 철 무지개가 완성되고 얼마 후에 세상을 떠났다. 그것이 완공이 되기까지는 무려 삼십 년이 넘는 세월이 소요되었다.

아루스는 오랜 시간을 쉬지 않고 돌아다니면서 알렘의 꽃을 찾아서 빛을 모았다. 알렘의 꽃은 사람들 눈에는 잘 띄지 않았다.

마을에는 〈검은 언덕〉이라 불리는 특별한 장소가 몇 개 있었는데 그건 하늘에서 떨어진 돌들이 둔덕을 이룬 곳이었다. 마을 사람들은 아루스가 알렘의 꽃을 찾는 장소가 그곳일 것이라고 추측하기도 했다. 몇 년 후 드디어 철 무지개 일곱 개의 불이 모두 켜졌으나 시간이 흐를수록 알렘의 꽃은 점점 소진되어 갔다. 아루스가 더 이상 새로운 꽃을 찾을 수 없게 되자 몇 백 년 동안 불을 밝혀오던 철 무지개도 이십 사대 영주 트리드 시기에 그 빛을 모두 잃었다.

트리드에게는 불치의 병을 가지고 태어난 에알룸이라는 딸이 하나 있었다. 철 무지개의 빛이 모두 꺼져버리고 난 얼마 후 그의 딸도 세상을 떠났는데 신기하게도 그녀가 죽던 날 드디어 하늘을 덮고 있던 검은 구름이 모두 걷히고 마을에 다시 해가 비치기 시작했다. 그것이 대략 삼백 년 전의 일이다. 그 이후로 우리 마을 사람들은 마을의 이름을 〈에알룸〉이라고 부르기 시작했다.

12. 물래 마을의 전설

위드미드의 이야기가 끝난 후 상인이 말했다.

"후릴린이 바로 철 무지개를 구상한 분이었구나."

"예, 후세 사람들이 그 분을 기리기 위해서 그 분의 100번째 생일에 처음으로 〈후릴린의 날〉 축제를 만들었다고 했어요."

"그 복잡한 다 이야기를 기억하다니, 넌 정말 똑똑한 아이인 것 같구나. 정말 잘 들었다. 내 오랜 궁금증이 다 풀린 것 같아."

"다행이네요. 어떤 건 사실이 아닐 지도 몰라요. 마을의 전설을 모두 기억할 만큼 제 머리가 좋지는 않거든요."

"이 정도면 되었다. 너는 충분히 이 피리를 가질 자격이 있어. 에알룸에서 온 것을 에알룸에 남기게 되었으니 나도 만족해. 여기서 우리가 만난 것이야말로 내겐 행운이고 네겐 운명인 것 같구나."

상인은 위드미드의 이야기가 정말 만족스러웠는지 피리를 위드미드의 손에 쥐어주고도 또 다른 답례를 할 만한 것이 없을까 고민하는 것 같았다.

"나는 세상의 이곳저곳 안 가본 곳이 없는 사람이야, 너는 내게 궁금한 것 없니?"

위드미드는 곰곰이 생각해 보았으나 어떤 것도 선뜻 생각이 나지 않았다.

"없으면 되었고!"

대답을 기다리던 상인이 포기하고 일어서려다가 무언가 생각난 듯 입을 열었다.

"아루스 이야기는 진짜일까?"

"글쎄요. 누가 알겠어요?"

상인이 좌판을 매려는데 이번엔 위드미드가 물었다.

"바다를 본 적이 있으세요?"

상인이 동작을 멈추었고 잠시 정적이 흘렀다.

"있지."

위드미드의 눈이 커졌다.

"바다는 어떻게 생겼어요? 얼마나 커요?"

상인은 위드미드의 질문에 어떻게 대답해야 할지 난감한 표정이었다. 손에 들었던 모자를 눌러 쓰고는 이렇게 대답했다.

"저 철문을 보렴, 저것처럼 파랗단다."

13. 물래 마을의 철문

에알룸의 사람들은 철 무지개가 없는 서쪽 하늘을 상상할 수 없었다. 철 무지개는 언제나 마을 사람들에게 나침반과 길잡이가 되어 주었다. 은은한 달빛이 마을을 비추는 밤이면 철 무지개는 일곱 개의 현을 가진 커다란 악기처럼 보였다. 그곳으로부터 세상에서 가장 아름다운 소리들이 들려올 것만 같았다. 에알룸의 밤하늘에 철 무지개가 있다는 것은 마을 사람들에게는 큰 축복이었다. 위드미드는 가끔 서쪽 밤하늘을 쳐다보며 이런 상상을 했다.

'불이 켜져 있던 철 무지개는 얼마나 아름다웠을까?'

피리는 정말 알렘의 나무로 만들어진 것 같았다. 깊게 패인 나뭇결 사이로 검정색에 가까운 색이 그대로 드러나 보였기 때문이기도 했지만 일반적인 나무로 만들어진 피리에 비해 무척 무거웠기 때문이기도 했다. 알렘은 철로 된 나무라 불릴 만큼 단단하고 무겁다는 이야기를 들은 적이 있었다. 위드미드는 피리에 묻어있는 오래된 먼지와 흙을 정성스럽게 닦기 시작했다. 피리의 구멍 속에 작은 나뭇가지를 집어넣고 조심스레 쑤셔보기도 했다.

며칠 뒤부터 피리에서 작은 소리가 나기 시작했다. 그 소리는 얼핏 들으면 새의 지저귐 같기도 했다. 위드미드의 입가에 미소가 번졌다. 피리를 불면 불수록 그 소리는 맑고 청아하게 변하고 있었다.

"피요오, 피요오."

그 소리는 이내 깊은 어둠 속으로 사라졌다. 신비로운 느낌이 들었다. 위드미드는 피리의 불룩한 바닥면에 있는 구멍에 끈을 매달아 목에 걸었다. 그날 밤엔 달빛이 가득했다.

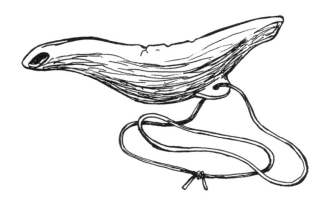

14. 알렘의 나무로 만들어진 낡은 피리

에알룸의 하늘은 예측할 수 없었다. 날씨가 좋다가도 갑자기 흐리거나 비가 퍼붓는 날이 잦았다. 사람들은 그 이유가 긴 시간 동안 마을 하늘에 머물렀던 특별한 구름 탓이라고들 했다. 그날도 갑자기 먹구름이 하늘을 덮고 세찬 소나기가 내리기 시작했다. 그렇게 두꺼운 구름이 마을을 덮는 날이면 에알룸의 사람들은 다시 예전의 하늘로 돌아갈지도 모른다는 두려움에 휩싸였다.

광장 분수대의 벤치에 혼자 앉아서 이런저런 생각을 하고 있던 위드미드는 뜻하지 않은 소나기가 내리자 서둘러 자리에서 일어나 뛰기 시작했다. 그리 늦은 시간은 아니었으나 주위는 이미 컴컴해져 있었다. 위드미드가 〈바람의 놀이터〉에 도착했을 때는 온 몸이 비에 흠뻑 젖어버린 뒤였다. 철 무지개가 어둠에 가려져 잘 보이지 않게 되자 방향감각을 잃어버린 위드미드는 갑자기 두려움을 느끼고 아드아브 나무 아래에 있는 스탠드에 쪼그리고 앉았다. 그곳은 나뭇잎들이 비를 막아주는 곳이었으며 그가 평소 자주 앉아있던 장소이기도 했다.

'우리 집이 어느 방향이었더라? 철 무지개가 다시 보일 때 까지 여기서 기다릴까?'

위드미드는 떨리는 손으로 목에 걸고 있던 피리를 들고 불기 시작했다. 그것은 그가 이 피리를 얻은 이후 마음의 안정을 찾고 싶을 때 하는 유일한 행동이었다. 피리소리가 신기하게도 빗소리를 가르며 넓게 퍼지고 있었다.

'겁내지 마 위드미드, 아무 일도 없을 거야.'

남은 힘을 다해서 피리를 불던 위드미드는 곧 탈진하고 말았다. 밀려오는 추위와 두려움, 허기에 온 몸이 떨려왔다. 스르르 눈이 감겼다.

잠시 후 갑자기 온기를 느낀 위드미드가 어둠 속에서 정신을 차렸을 때 그의 앞에는 거대한 무언가가 와 있었다. 그 모습은 흡사 나무처럼 보였다. 그것은 몸을 숙여서 위드미드를 내려다보고 있었다. 위드미드는 조심스레 자리에서 일어나서 한 발 뒤로 물러섰다. 그는 이 존재가 자신에게 오는 동안 아무런 소리도 듣지 못한 것을 이상하다고 생각했다. 굵은 빗소리 때문이었을지도 모를 일이었다. 하지만 더 놀라운 사실은 그것의 커다란 눈 속에도 비가 내리고 있었다는 것이었다. 마치 눈이 있어야 할 자리에 두 개의 구멍이 뚫려 있는 것 같았다. 한 번도 경험한 적 없는 낯선 상황이었지만 이상하게도 그가 살아온 세월보다 훨씬 오래 전부터 이 존재와 알고 지냈던 것 같은 느낌이 들었다. 위드미드는 짧은 열두 해의 생애를 되짚어가며 자신에게 온 이 존재가 무엇인지를 곰곰이 생각해 보았다. 그리곤 어떤 이름을 생각해 냈다.

'아루스…, 넌 아루스지?'

뻥 뚫린 것 같은 그의 눈이, 그의 등에 떨어지는 빗소리가, 그의 몸 주변의 온기가 그렇다고 대답을 하는 것 같았다. 아루스의 배에는 커다란 구멍이 뚫려 있었고 그 속엔 나무줄기처럼 생긴 것들이 얽혀있었다. 아루스는 오른쪽 무릎을 꿇고 앉아서 오른손 바닥을 하늘을 향하도록 한 후 위드미드의 발 옆에 내려놓았다. 마치 자신의 손바닥 위로 올라가라고 이야기하는 것 같았다. 위드미드는 아루스의 눈을 바라보며 그의 손에 올라가 쪼그리고 앉았고 아루스는 그 손을 천천히 들어서 자신의 텅 빈 배 쪽으로 가져갔다. 위드미드는 아루스가 유도하는 대로 그의 배에 옮겨 앉았다.

따뜻했다. 잠시 후 아루스가 무릎을 펴고 일어서자 세상이 위드미드의 발 아래로 내려갔다. 위드미드는 떨어지지 않으려고 양 팔을 벌려서 그의 뱃속에 있는 나무줄기 같은 것을 잡았다. 그 줄기 속에는 무언가 뜨거운 것이 흐르는 것 같았다.

'이 속에는 아루스의 피가 흐르고 있을까?'

아루스는 비와 어둠을 뚫고 어딘가로 발걸음 옮겼다. 위드미드의 머리 위로 올린 커다란 그의 왼손이 비를 막아주고 있었다. 위드미드는 조금도 두렵지 않았다. 오히려 아루스로부터 전해지는 훈훈한 온기 덕분에 몸과 마음의 안정을 찾을 수 있을 것 같았다. 편안한 흔들림에 위드미드의 눈이 다시 스르르 감겼다.

다음 날 맑게 갠 에알룸의 아침은 마치 지난밤에 아무 일도 없던 것처럼 모든 것이 조용했다. 하지만 위드미드는 온 몸에 열이 나서 움직일 수가 없었다. 그가 이불 속에서 눈을 떴을 때 그의 엄마가 내려다보며 말했다.

"열이 심하구나. 어쩌다 그렇게 늦게 들어온 거니? 한참을 걱정했잖니. 밖에서 소리가 들려서 문을 열어보니 네가 와 있더구나. 온 몸이 흠뻑 젖어서 말이지."

"흐린 밤이라 철 무지개가 보이지 않았어요. 그래서 길을 잃었나 봐요."

엄마가 안쓰럽게 쳐다보며 말했다.

"그래도 잘 찾아와서 정말 다행이야."

"아루스가 나를 집에 데려다 준 거예요."

위드미드의 부모는 놀란 표정으로 서로의 얼굴을 쳐다보며 동시에 말했다.

"아루스?"

"철 무지개의 관리자 아루스요. 틀림없어요, 전설속의 이야기만은 아니었어요."

잠시 침묵이 흘렀다. 이번에는 아빠가 말했다.

"멋진 꿈을 꾼 모양이구나."

위드미드는 어제 밤에 자신에게 벌어졌던 일들을 하나하나 되새겨 보았다.

'그건 분명 꿈이 아니었어, 그런데 아루스는 우리 집을 어떻게 알았을까?'

다음 날 늦은 오후 몸을 회복한 위드미드는 아루스를 만났던 장소로 발걸음을 향했다.

'바람의 놀이터였어, 거기에 가면 아루스를 다시 만날 수 있을 거야.'

위드미드는 어제와 다른 세상을 상상할 수 있게 된 것에 대해 흥분을 감출 수 없었다.

하지만 몇 주 동안 아루스는 나타나지 않았다. 그날처럼 피리도 불어 보았지만 소용없었다.

'사람들의 이야기대로 아루스는 그동안 검은 언덕 어딘가에서 숨어 지냈던 걸까?'

전과 달라진 건 위드미드에게 매일 철 무지개를 바라보는 버릇이 생겼다는 것이다.

15. 빗속에서 아루스와 처음 만난 위드미드

겨울이 지나가니 세상의 색깔들이 선명해졌다. 위드미드는 거의 매일저녁 마을의 동쪽에 있는 바람의 놀이터에서 시간을 보냈다. 그곳은 그 이름처럼 울창하게 자란 나무 사이로 쉴 새 없이 바람이 불어오는 곳이었다. 어른들 이야기에 따르면 이곳은 과거에 트리드 성의 정원이 있던 자리라고 했다. 놀이터에는 골대가 있는 운동장이 있고 그곳을 바라볼 수 있도록 지어진 네다섯 칸 정도의 스탠드가 있는데 위드미드는 주로 거기에 앉아 있었다. 그것은 철로 된 계단식 구조물 위에 넓은 나무판을 잘라서 얹어 놓은 것이었다.

스탠드에는 커다란 아드아브 나무의 그림자가 항상 드리워졌기에 위드미드가 그 곳에 앉아있는 모습은 마을 사람들의 눈에 잘 띄지 않았다. 운동장에는 언제나 한 무리의 아이들이 공을 차며 놀고 있었지만 위드미드는 한 번도 그 아이들과 친해지려고 노력한 적이 없었다. 그건 그 아이들도 마찬가지였다. 위드미드는 그 아이들이 서로의 이름을 부르는 소리를 듣고 차츰 그 아이들의 이름도 알게 되었지만 정작 그 아이들은 자신들을 지켜보는 소년의 존재를 모르는 것 같았다.
'프리뷔, 나난스, 스타이, 리브리드... 가만있자, 오늘은 알디

온이 안 보이는군...'

그날도 땅거미가 지기 시작하자 아이들은 하나 둘씩 집으로 돌아갔다.

위드미드는 아이들이 집으로 돌아간 이후에도 그 자리에 그대로 앉아 달이 뜨기를 기다리는 날이 많았다. 바람의 놀이터에는 아이들 키보다 큰 기둥 위에 커다란 링이 붙어있는 철 조형물이 있었는데 위드미드는 달이 뜨면 항상 그 링의 한가운데 달을 담으려고 몸을 이리저리 움직이곤 했다. 그건 남의 눈에 띄고 싶어 하지 않는 위드미드가 누구의 방해도 받지 않고 혼자서 할 수 있는 유일한 놀이였다.

위드미드는 그 조형물을 〈달 울타리〉라고 불렀다.

며칠 뒤 유난히도 바람이 잠잠했던 저녁, 바람의 놀이터에서 달 울타리를 보고 있던 위드미드가 조용히 피리를 불었다. 얼마 전 그날처럼 두렵지도 춥지도 배고프지도 않은 지금이 무척 행복하게 느껴졌다.

"위드미드, 네가 부는 피리 소리가 어릴 적 들었던 아퓌르라는 새 소리와 무척 비슷하구나, 그 이후 다시는 그 소리를 들을 수 없었지만 그 독특한 소리는 결코 잊지 못하지."

며칠 전 옆집 할아버지가 피리 소리를 듣고 하셨던 말씀이 기억났다. 갑자기 상인의 모자에 달려있던 파란색 깃털이 떠올랐다. 위드미드는 그날부터 그 피리를 〈아퓌르〉라고 부르기로 했다.

두세 곡의 노래를 불렀을 만한 시간이 지날 때 쯤 위드미드의 눈앞에 기다리던 아루스가 와 있었다. 그는 이번에도 아루스가 다가오는 소리를 듣지 못했다. 재회의 기쁨보다 더 좋았던 건 아루스가 아퓌르의 소리에 반응한다는 확신을 갖게 된 것이었다.

위드미드는 아루스의 눈 속에서 땅거미 지는 하늘을 보았다.
'정말 신기해, 아루스의 눈 속엔 하늘을 비추는 거울이라도 있는 것일까?'
아루스가 무릎을 굽히고 몸을 낮추자 이번엔 위드미드가 먼저 그의 몸에 올랐다. 마치 여러 번 그렇게 했던 것처럼 자연스러운 행동이었다. 아루스가 천천히 몸을 일으키자 조금 전까지 아이들이 뛰놀던 놀이터가 내려다 보였다. 마술처럼 몸이 커진 것 같았다. 위드미드는 천천히 고개를 돌려 자신을 품고 있는 아루스의 몸 구석구석을 둘러보았다. 소리를 내지 않는 움직임, 구멍 뚫린 텅 빈 배, 오른팔에 그려진 이상한 그림과 왼쪽 귀에서 자라난 검은 빛의 줄기를 가진 나무, 하늘을 비추는 눈, 그에 관한 것은 무엇 하나 궁금하지 않은 것이 없었다. '아루스 넌 어디에서 왔니? 나를 만나기 전에는 어디에서 지냈던 거니?'

위드미드는 아루스의 얼굴을 목이 아프도록 올려다보았다. 위드미드를 태운 아루스는 천천히 이포 숲을 걸었다. 어둠이 내려앉은 들 주변에서는 개울물 흐르는 소리가 들렸다. 위드미드는 아루스의 텅 빈 배와 그 속에 얽혀있는 것 같은 검붉은 관들이 마치 〈외로운 숲〉과 같다고 생각했다. 이제까지 아무도 그곳을 찾아주지 않았을 것 같았기 때문이었다.
'이제 날이 어두워지고 있으니 아루스의 눈도 그렇게 되었겠지...'

위드미드는 이제 아루스의 눈을 쳐다보지 않아도 그의 눈이 어떻게 변했을 지 알 것 같았다. 그리고 그에게 말을 걸고 싶어졌다. 귀와 입이 없는 그의 얼굴을 다시 올려다보았다. 외로운 숲의 나무들이 심장박동과 같이 요동치며 더 붉게, 더 뜨겁게 변하고 있었다.

16. 외로운 숲에서 아루스를 올려다보는 위드미드

위드미드는 아루스의 왼쪽 귀에서 나온 나무가 전설 속의 알렘의 나무일 것이라고 추측했다. 어른들로부터 들었던 바와 같이 유난히 단단히 보이는 검은 줄기에 푸른빛이 도는 잎이 무척 컸기도 했거니와 어딘가 모르게 자신의 피리와도 닮은 구석이 있는 것 같았기 때문이었다.

'그런데 알렘의 나무가 왜 아루스의 귀 속에서 자라난 것일까?'
답을 알 수 없을 것 같은 질문이 머릿속에서 지워지지 않았다.
위드미드는 아루스가 분명 아퓌르의 소리를 듣고 온다고 추측했지만 그가 피리를 불 때마다 오는 것은 아니었으므로 아루스를 만나는 일은 온전히 아루스의 뜻에 따라 결정된다고 생각하게 되었다.

'혹시 그의 귀에 어떤 문제가 생긴 걸까?'
위드미드가 할 수 있는 것은 단지 아루스와 같이 있고 싶은 마음이 들 때 아퓌르를 부는 일 뿐이었다.

며칠 뒤 저녁 아퓌르를 불던 위드미드에게 아루스가 다시 찾아왔다. 그날은 아침부터 늦은 오후까지 촉촉하게 비가 내렸던 날이었다. 위드미드는 아루스와 잠시 눈을 맞춘 후 자연스럽게 외로운 숲에 올랐다. 이상하게도 며칠 전과 달리 외로운 숲의 나무들은 어두웠고 온기를 느낄 수 없었다. 아루스가 일어서자 외로운 숲에 있던 위드미드도 그 자리에서 일어섰다. 그의 시야가 아루스의 눈높이와 좀 더 가까워진 것 같았다.

'아루스에게는 세상이 이렇게 보이겠네.'

앉아있을 때보다 세상은 더 낮았고 바람은 더 찼다.

'여기는 마치 나만의 놀이터인 것 같아.'

아루스는 이미 어둠이 드리워진 이포 숲 속에 들어가서 무언가를 찾는 듯 천천히 숲의 바닥을 살폈다.

'말로만 들었던 알렘의 꽃을 찾고 있는 걸까?'

위드미드가 들었던 전설의 이야기가 눈앞에서 펼쳐지고 있는 듯 했다. 위드미드는 아루스가 자신의 마음을 읽을 수 있다고 생각했다. 이제까지와는 달리 아루스는 그의 배에 있는 위드미드를 배려하지 않는 듯 거칠게 움직였다. 위드미드는 아루스가 얼마 남지 않은 알렘의 꽃을 찾는 일에 몰두한 나머지 자신이 외로운 숲에 있다는 것을 잠시 잊은 것이거나 아니면 그 곳에서 떨어지지 않을 것이라는 확신이 있기 때문이라고 생각했다. 아루스의 움직임이 거칠어질수록 위드미드의 손에 힘이 더 들어갔다.

위드미드는 진심으로 아루스가 알렘의 꽃을 찾는데 작은 도움이라도 되어 주고 싶었다. 숲 속을 쉬지 않고 찾아다닌 지 한두 시간쯤 후에 아루스는 은빛을 띠는 꽃 앞에 멈추었다. 그 꽃은 어른의 눈높이 정도의 위치에서 피어 있었는데 특이하게도 같은 가지에서 나온 큰 잎들로 살포시 가려져 있었다. 만일 누군가 이곳을 찾아오더라도 그 꽃을 쉽게 발견할 수는 없을 것 같았다. 아루스가 더 가까이 다가가자 위드미드는 비로소 그 꽃을 자세히 볼 수 있었다. 꽃은 위드미드의 주먹만 했고 은보라 색 꽃잎이 겹겹이 싸여있는 모습이 무척이나 단단할 것 같이 느껴졌다. 꽃잎 사이로 은은한 빛이 새어나오고 있었다.

'알렘의 꽃이야, 틀림없어!'

위드미드는 그 꽃의 주변에서 훈훈한 기운을 느꼈다.

'아루스는 어떻게 이 꽃을 찾은 걸까? 나와 같이 따뜻함을 느꼈을까? 아니면 그의 귀에 있는 나무가 자신과 같은 알렘의 나무를 찾는데 도움을 주는 걸까?'

아루스는 그곳에서 한쪽 무릎을 꿇고 앉았고 위드미드는 아루스에게 방해가 되지 않도록 조용히 아루스에게서 내려왔다. 그러자 외로운 숲의 나무들이 천천히 알렘의 꽃을 향해 움직였다. 그리고 뿌리가 물을 빨아들이듯 알렘의 꽃으로부터 빛을 빨아들였다. 잠시 후 어두운 색이었던 외로운 숲은 다시 붉게 변했고 알렘의 꽃은 빛을 잃었다. 아루스는 어둡게 변한 꽃 앞에서 기도라도 하는 듯 잠시 동안 그대로 멈추어 있었다. 외로운 숲에 다시 오른 위드미드는 아까보다 더 따뜻한 기운을 느꼈다. 자신이 그 시간, 그 장소에 아루스와 함께 있었다는 사실은 오랜 시간이 지나도 결코 잊을 수 없을 것 같았다.

위드미드가 집에 돌아온 시간은 자정이 훨씬 지나서였다. 걱정하던 부모님도 이제는 아루스와 함께 있었다는 위드미드의 말을 믿어 주는 것 같았다. 위드미드는 자신이 아루스와 단 둘의 비밀을 공유하고 있는 친구라는 것을 마을 사람들에게 자랑하고 싶었다.
'이제 마을의 몇몇 사람들은 분명 아루스를 보았을 거야. 아루스가 어둠 속에서 소리 없이 움직였다 해도 그 거대한 모습을 지붕 너머로 보았을 거야.'

위드미드의 얼굴에 미소가 번졌다.

17. 알렘의 꽃에서 빛을 추출하는 아루스

'아퓌르는 어떤 새였을까?'

어느 날 위드미드는 목에 걸고 있던 아퓌르를 벗어 놓고 유심히 살펴보았다. 그것을 보면 볼수록 아퓌르라는 새에 대한 궁금증이 밀려왔다. 종이를 꺼내어 그 새를 상상해서 그려보려고도 했으나 이내 포기하였다. 차라리 사라져 버렸다는 아퓌르를 찾아 이포 숲을 헤매는 것이 더 쉬울 것 같았기 때문이다.

'저기에 아루스를 담을 수 있을까?'

며칠 후, 저녁을 먹고 집에서 나온 위드미드가 바람의 놀이터에서 달 울타리를 쳐다보며 생각에 잠겼다. 목이 조금 말랐지만 근처에는 물을 마실 만한 곳이 없었다. 아퓌르를 불면 목마른 것도 잠시 잊을 수 있을 것 같았다. 어느새 아퓌르는 위드미드의 모든 위안이 되어 있었다.

'아루스가 오면 좋겠지만 오지 않아도 괜찮아.'

위드미드는 편한 마음으로 아퓌르를 불었다. 그날은 무척이나 운이 좋았다. 피리 소리가 퍼지자 얼마 후 이포 숲을 헤치고 아루스가 나타났기 때문이다. 이번에도 아루스가 몸을 채 굽히기도 전에 위드미드가 아루스의 다리를 타고 올라가 외로운 숲에 앉았다. 아루스는 마을을 가로질러 철 무지개 방향으로 거침없이 걸어갔다. 길가의 나뭇가지가 위드미드의 얼굴을 때릴 것 같았다. 이미 어둠이 내려앉았으나 어딘가에서 들리는 에알룸의 숨소리는 그칠 줄 몰랐다. 길에서 마주쳤던 몇몇 사람들은 놀란 눈으로 아루스와 그의 배에 앉아있는 어떤 아이를 올려다보았다.

'사람들이 아루스를 봤어, 우리를 봤어.'

아루스는 더 이상 마을 사람들에게 자신의 존재를 숨길 필요가 없다고 생각하는 모양이었다. 아루스가 위드미드와 함께 철 무지개에 도착했을 때 달빛이 철 무지개를 환하게 비춰주고 있었다. 이렇게 철 무지개를 가까이서 보기는 처음이었다. 철 무지개가 있는 광장 중앙에는 말로만 듣던 로리파의 동상이 있었다. 위드미드는 그곳에서 까마득한 높이의 철 무지개를 올려다보았다. 달빛에 비친 철 무지개는 〈이 세상의 것〉처럼 보이지 않았다. 여러 집들의 마당에 세워진 철 무지개의 기둥들과 공사를 하던 사람들이 오르내리던 사다리들은 높은 곳으로 갈수록 복잡하게 얽혀있어서 마치 거대한 거미줄처럼 보였다. 아루스는 로리파의 동상과 가장 가까운 곳에 있는 사다리를 오르기 시작했다. 위드미드는 아루스에게서 떨어지지 않도록 외로운 숲에서 조심스레 일어서서 손과 발에 힘을 주고 안정적인 자세를 취했다.

아루스가 한 걸음 오를 때 마다 위드미드의 키만큼 세상이 내려가고 있었다. 위드미드는 지금 보고 있는 것들을 하나도 놓치고 싶지 않았다. 높이 오를수록 두려웠지만 오히려 눈을 크게 떴다. 그리고 작은 소리로 주문을 외웠다.

"위드미드, 겁내지 마. 떨어지지 않아!"

위드미드의 손이 땀으로 흥건해졌다. 자신의 손이 아루스를 놓치지 않기를, 아루스의 손이 사다리를 놓치지 않기를 바랄 뿐이었다. 둘 중 하나라도 실수를 하면 자신은 저 어둠 속으로 떨어질 것이었다. 둘은 하나가 되어야 했다. 어둠과 안개가 점점 작아지는 마을을 삼키기 시작했다. 여기서는 에알룸의 숨소리조차 들리지 않는 것 같았다.

위드미드는 그 순간 아루스와 자신이 에알룸의 하늘을 걷고 있다고 느꼈다. 쥐고 있던 외로운 숲의 나무를 놓아도 떨어지지 않을 것 같았다. 위드미드는 이제 어렵지 않게 아루스의 마음을 읽을 수 있을 것 같았다. 그 순간에도 은은한 달빛이 철 무지개 일곱 개의 아치들을 하나하나 비춰주고 있었다.

'아래에서 쳐다볼 때는 일곱 개의 은색 실들처럼 보였는데 여기서 보니 한 줄, 한 줄이 마치 은하수처럼 보이는 군.'

경이로울 따름이었다. 조금 뒤 아루스가 도착한 곳은 아치의 중앙에 있는 특별한 공간이었다. 그곳에서는 손을 뻗으면 철 무지개가 만져질 것 같았다. 아루스는 익숙한 몸놀림으로 상체를 숙이고 그 속에 들어갔다. 공간이 크지 않아서 아루스가 무척 불편해 보였다. 창으로 들어온 은은한 달빛이 둘을 비춰주고 있었다.

위드미드는 철 무지개의 한가운데에 이런 공간이 있으리라고는 상상조차 하지 못했다. 이곳은 아마도 철 무지개를 만들 당시 사람들이 휴식을 취하기 위해서 만든 임시 공간인 모양이었다.

'여기는 아루스가 나를 만나기 전 긴 세월을 홀로 보냈던 장소가 틀림없어, 그런데 왜 나를 여기에 데리고 온 걸까?'

위드미드는 아루스의 방을 천천히 둘러보며 그 대답을 찾아보려 했다. 바닥에는 여러 가지 잡동사니들도 있었는데 어떤 것들은 아루스와 전혀 어울리지 않는 것처럼 보였다. 무엇보다 흥미로운 물건은 누가 그렸는지 모를 오래된 두 권의 스케치북이었다. 위드미드는 조심스레 그것을 펼쳐서 달빛에 비추어 보았다. 혹여 종이가 찢어지기라도 할까 봐 무척 조심스러웠다. 한 권에는 지금과는 조금 다른 모습의 아루스가, 다른 한 권에는 이해하기 어려운 표식들이 그려져 있었다. 상상력이 풍부했던 어린이가 그린 그림 같았다.

'누구의 그림인데 이곳에 있는 걸까? 그 아이도 나처럼 이곳에 올라왔을까?'

위드미드는 이 그림을 그렸을 아루스의 또 다른 친구가 누구였을지, 그리고 왜 이 물건들이 이곳에 있게 된 건지 궁금해졌다. '여하튼 이것들이 여기에 있게 된 이후에는 철 무지개에 불이 켜진 적이 없던 거야, 만약 그랬다면 여기 있는 것들은 그 열기에 남아나지 않았겠지.'

아루스는 몹시 피곤한 사람처럼 방의 바닥에 앉아서 움직이지 않았다. 아마도 오랜 시간을 이곳에서 저런 자세로 이곳에 있었을 것이었다. 벽과 바닥에 움푹 패여 있는 철판이 말해주고 있었다. 위드미드는 동그란 작은 창으로 고개를 내밀어 아래를 보았다. 에알룸 전체가 까마득하게 내려다보였다. 어둠 속에서도 마을의 모습이 눈에 들어오는 것을 보니 그의 눈동자가 이미 어둠에 적응을 한 것 같았다.

'저 발밑의 내 세상, 이 특별한 곳에서 저 친근한 곳을 이렇게 낯설게 내려다보다니...'

사뭇 신기한 마음이 들었다. 그는 이곳을 〈아루스의 방〉이라고 부르기로 했다.

사람들이 그토록 궁금해 하던 전설의 로봇은 오래도록 이 높은 곳에서 무언가를 기다리며 잠들어 있었다가 어떤 이유에선지 스스로 잠에서 깨어 세상으로 내려온 것이었다. 위드미드는 지금 이 순간 세상에 아루스와 자신, 단 둘만 있는 것처럼 느껴졌다. 위드미드가 피곤에 지쳐서 연거푸 하품을 하자 아루스는 외로운 숲에 그를 태우고 철 무지개를 다시 내려왔다. 올라갈 때와는 전혀 다른 느낌이 위드미드를 포근하게 감싸주고 있었다.

'이젠 전혀 두렵지 않아 아루스, 너를 믿으니까.'

위드미드가 아루스에게 그랬던 것처럼 아루스 역시 위드미드의 마음을 헤아려 주려고 노력하는 것 같았다. 위드미드는 아루스와 올랐던 사다리의 위치를 머릿속에 새겼다.

'아루스와 나와의 이야기를 누가 믿어줄까?'

한 밤중이 되어서야 집에 돌아온 위드미드는 곧바로 물을 꺼내어 마셨다. 시원한 물이 자신의 입을 통해 아루스가 혼자서 보냈을 과거의 시간 속으로 들어가는 것 같았다. 그날부터 위드미드는 철 무지개를 볼 때마다 아루스의 방을 상상하기 시작했다.

'지금도 아루스가 저기에서 쉬고 있을까?'

18. 철 무지개를 오르는 아루스와 위드미드

아루스를 보았거나 그의 소식을 전해들은 마을 사람들은 철 무지개가 다시 불을 밝힐 것이라는 희망을 갖게 되었다. 하지만 위드미드는 사람들로부터 아루스의 이야기를 듣게 된 이후부터는 아퓌르를 불고 싶은 마음이 사라졌다. 둘만의 시간은 이미 끝난 것이라는 생각이 들었다. 다른 사람의 입을 통해서 그의 이야기를 듣는 것이 낯설고 이상하기만 했다. 이제 더 이상 아루스는 자신만의 친구가 아닌 것 같았다. 이런 감정이 생겨나리라고는 전혀 생각하지 못했다. 다시 바람의 놀이터 나무 밑 스탠드에 앉아 자신을 모르는 아이들이 노는 것을 우두커니 지켜보는 날이 많아졌다.

'아루스가 깨어난 건 내가 부는 피리 소리 때문이었을까 아니면 어딘가에서 다시 피어난 알렘의 꽃이 신호를 보냈기 때문이었을까?'

몇 달이 더 지났다. 이제 마을 사람들의 입에서 아루스 이야기를 듣는 것은 특별한 일이 아니었다. 사람들은 아루스가 알렘의 꽃으로부터 이미 많은 빛을 모았기 때문에 멀지 않은 시기에 철 무지개가 다시 불을 밝힐 것이라고들 했다.

'어른들도 저렇게 들뜬 표정을 지을 수 있다는 것이 놀랍군.'
위드미드는 더 이상 자신이 아루스에게 특별하지 않을 수도 있다는 현실을 힘들게 견뎌야 했으며 이제는 아루스가 다른 아이들과 자신을 구분하지도 못할 것이라는 생각마저 하게 되었다. 언제인가는 자신의 앞을 무심히 지나쳐 가는 아루스를 본 것 같기도 했다.

이제는 아퓌르를 불어도 소리가 나지 않을 것 같았다.

큰 비가 지나가고 다시 햇살이 마을을 덮었다. 그날도 위드미드는 점심을 먹고 여느 때처럼 바람의 놀이터 스탠드에 쪼그리고 앉아서 노는 아이들을 쳐다보다가 조용히 달 울타리 앞으로 갔다. 달 울타리 안에 뜨거운 해를 담아보았다. 강렬한 햇빛에 스르르 눈이 감겼다. 아드아브 나무 사이로 불어오는 바람이 강렬하게 느껴졌다. 얼마나 지났을까? 위드미드가 눈을 떴을 때 달 울타리 뒤에서 아루스가 뜨거운 태양을 가리고 서 있었다. 위드미드는 놀라서 땀에 젖은 손으로 아직도 목에 걸고 있는 아퓌르를 만지작거렸다.

'분명 아쀠르를 불지 않았어... 아루스는 〈아쀠르의 소리〉가 아닌 〈나〉를 찾아 온 걸까?'

위드미드는 아루스의 눈을 보며 그의 마음을 읽어보고 싶었다.

'아루스, 왜 내게 다시 온 거니?'

아루스는 그간의 공백이 없었던 것처럼 자연스럽게 무릎을 땅에 대고 위드미드에게 그의 배를 내 주었으나 위드미드는 모든 것이 처음인 것처럼 조심스러워 하며 그의 몸에 올랐다. 그날의 특별함은 그들이 만나지 못했던 몇 달간의 간극이 주는 어색함 때문이었을 것이다. 하지만 그보다 더 놀라운 사실은 그때가 마을 사람들 누구나가 아루스와 함께 있는 위드미드를 한 눈에 알아볼 수 있는 한낮의 시간이었다는 것이다.

놀이터의 아이들은 그 자리에 서서 움직이는 해를 쳐다보는 것 같은 표정을 하고 위드미드를 올려다보았다. 거리를 지나는 아루스와 위드미드를 본 마을 사람들은 그 자리에 멈추어 서서 한 번도 지어보지 않은 표정으로 그들을 쳐다보았다. 사람들의 머리 위로 부는 바람이 위드미드의 발끝으로 지나갔다. 위드미드는 아루스와 자신이 마을의 시간을 멈추어버린 것 같다고 생각했다.

아루스는 마을을 가로질러 이포 숲을 지나 루세이 산에 올랐
다. 루세이 산은 길이 가파르고 나무가 우거져서 산 중턱까지
가기도 무척 힘들기 때문에 마을 사람들은 좀처럼 오르려 하지
않았다. 아루스는 오래 전 세웠던 계획을 수행하는 것처럼 차
분히 움직였다. 산의 중턱을 지나자 완만한 꽃길이 나왔다. 붉
은색과 흰색이 섞여있는 작은 꽃들이 많았으나 대부분 낯설었
다. 갈색의 프라프라 꽃이 조금 피어있을 뿐 마을에 흐드러지
게 핀 미루즈 꽃, 리카리아 꽃은 거의 보이지 않았다.

잠시 후 둘이 루세이 산의 첫 번째 봉우리 근처에 이르자 위드
미드의 눈에 마을이 훤히 내려다 보였다. 바위 옆에 있는 거대
한 나무가 그늘을 만들어 주고 있었다. 두꺼운 줄기의 대부분
이 찢기고 타버렸음에도 불구하고 잎이 무성하게 자라 있었기
에 그 모습이 몹시 낯설었다. 죽었다가 다시 살아난 나무 같다
고 생각하는 순간 떠오르는 것이 있었다.
'저건 백여 년 전에 벼락을 맞았다는 그 아드아브 나무가 틀
림없어.'

벼락을 맞았기 때문에 오히려 잎이 더 무성해졌을 지도 모른다는 기묘한 생각마저 들 정도였다. 더위에 지친 위드미드의 옷깃 사이로 시원한 바람이 불어주고 있었다.

'아루스도 더웠을까? 나처럼 바람을 좋아할까?'

아루스는 천천히 팔을 뻗어 땅을 짚고 나무 그늘 아래 바위에 앉았다. 땅에 닿은 그의 손바닥 주변으로 풀이 자라나 있었다. 위드미드는 이 장소가 그간 아루스에게 위안을 주었을 유일한 장소라고 생각했다. 위드미드는 천천히 외로운 숲에서 내려와서 조심스레 그의 다리를 만져주었다.

'힘들었지, 아루스?'

아루스의 주위에는 사람이 만들어 놓은 것 같은 커다란 돌들이 여기저기 흩어져 있었다. 위드미드는 왜 여기에 저런 돌들이 많이 있는지 궁금했다. 주변을 천천히 둘러보다가 비석처럼 보이는 돌 하나를 발견하고 땀에 젖은 옷의 팔뚝 부분으로 그것을 닦아 보았다.

〈트리드의 딸 에알룸, 여기에 잠들다〉

뜻 밖에도 그것은 에알룸의 비석이었다. 위드미드는 그 주변에서 에알룸의 작은 무덤을 발견하고는 잠시 현기증이 나서 주저앉았다.

'여기가 마을 사람들이 얘기하던 〈에알룸의 언덕〉이구나.'
위드미드는 사람들로부터 들었던 이야기를 기억해 냈다. 아드아브 나무에 벼락이 친 이후에는 아무도 에알룸의 언덕에 오르지 않는다고 했었다.
'아루스는 왜 나를 이곳에 데려온 것일까?'
위드미드는 그 이유에 대해서 곰곰이 생각해 보았다.
'에알룸도 네 친구였던 거구나. 나에게 너의 옛 친구를 소개시켜 주고 싶었던 거였어!'
그는 어린 나이에 세상을 떠났다는 전설의 소녀를 눈앞에 그려보았다. 이제야 아루스의 방에서 보았던 스케치북의 주인이 누구인지 알 것 같았다.

위드미드는 아루스가 앉아있는 바위에 그와 나란히 앉아서 석양의 철 무지개를 내려다보았다. 외로운 숲의 나무들도 더 붉고 뜨거워지는 것 같았다. 위드미드는 그 순간이 아루스와 함께 있는 마지막 시간이라는 것을 직감할 수 있었다. 철 무지개가 옛날처럼 불을 밝힌다면 아루스는 아무도 찾을 수 없는 곳으로 사라져 버릴 것 같기 때문이었다.

'알렘의 꽃이 다시 피기 전까지는 돌아오지 않겠지...'

시작되지 않은 이별에 눈시울이 뜨거워졌다.

'고마워 아루스, 네가 본 것을 내게 모두 보여주고 네가 느낀 것을 모두 내게 느끼게 해 줘서.'

위드미드는 그날처럼 아름다운 노을을 다시 본 적이 없었다.

19. 에알룸의 언덕에서 석양을 바라보는 아루스와 위드미드

"할아버지!"

회상에 흠뻑 젖은 나를 루알렌이 큰 소리로 불렀다.

"아루스가 다시 깨어날까요?"

기억 속에서 모든 것을 나와 함께 걷고 보고 듣고 느끼던 아루스가 마치 한 번도 그런 일이 없던 것 같은 모습으로 지금 내 옆에 있다. 누구라도 지금의 아루스를 보고 있다면 내 기억속의 아루스를 받아들이지 못할 것이다.

"글쎄, 그걸 누가 알겠니? 어딘가에서 알렘의 꽃이 피기라도 한다면 그것들로 철 무지개의 불을 켜기 위해서 다시 깨어나지 않을까? 하지만 기적이 일어나서 아루스가 다시 깨어난다 하더라도 그는 먼저 철 무지개를 고쳐야 할 거야."

그렇게 이야기하고 보니 오랜 시간동안 거대한 철 무지개를 홀로 감당했을 아루스가 측은하게 느껴졌다.

아루스의 생명은 어디로 사라진 걸까?

철 무지개를 바라보던 루알렌은 아루스가 깨어나는 일은 일어나지 않을 것이라고 생각했다. 지금 눈앞에 있는 아루스와 철 무지개는 할아버지의 이야기 속의 그것들과 너무 다른 느낌을 주고 있기 때문이었다. 잠시 생각에 잠겼던 루알렌이 시간여행을 하고 돌아온 사람처럼 말했다.

"이제 할아버지의 첫 단추가 제대로 끼워진 것 같은데요?"

그렇게 이야기하는 루알렌의 눈이 마치 하늘을 품은 아루스의 눈처럼 투명해 보였다.

"아직은 아냐 루알렌, 하루의 기억이 더 있단다."

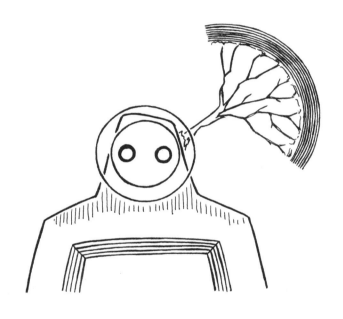

20. 루알렌의 재미난 상상

이후 한동안 아루스는 마을에서 보이지 않았다. 철 무지개의 불이 다시 켜질 것이라는 확신에 들 떠 있던 마을 사람들조차 평정심을 되찾고 다시 일상의 삶으로 돌아간 듯 보였다. 위드미드도 이제 아루스를 마음에서 놓아주고 싶었다. 그래야 그의 마음이 편해질 것 같았다. 하지만 그러기 위해서 아루스를 한번은 더 만나야 할 것 같았다.

'헤어지더라도 끝인사는 해야지... 아루스가 오지 않는다면 내가 그를 만나러 가겠어.'

위드미드는 아루스에게 마지막 인사를 하기 위해 아퓌르를 부는 대신 철 무지개 속 아루스의 방을 직접 찾아가 보기로 했다. 그는 장식처럼 목에 걸려있는 아퓌르를 만지작대며 생각했다.

'이제 이건 필요 없으니 아루스에게 주어야겠어.'

위드미드가 철 무지개 광장에 도착했을 때는 점심시간이 다 되었을 무렵이었다. 그는 로리파 동상이 보이는 벤치에 앉아서 배낭에서 빵을 꺼내 먹고 까마득하게 보이는 철 무지개를 올려다보았다. 안개에 가려져 아루스의 방이 보이지 않았다.

'나 혼자서 저기에 오를 수 있을까?'

자신 없었지만 돌이키고 싶지는 않았다.

'바람이 세게 불어서 사다리가 흔들리기라도 하면…'

위드미드는 두려운 생각을 억눌러가며 아루스와 함께 올랐던 사다리를 한발 한발 천천히 오르기 시작했다. 이제는 에알룸의 숨소리 말고는 아무것도 자신을 지켜줄 수 없었다. 여러 집들의 지붕이 보이고 여러 갈래로 난 길들이 보이고, 앞만 보고 걷고 있는 마을 사람들이 보였다. 아무도 철 무지개의 사다리를 오르는 작은 아이의 존재를 느끼지 못하는 것 같았다. 오후의 햇살이 철 무지개에 내리쬐고 있었지만 올라갈수록 공기가 차갑게 느껴졌다.

'아루스가 지금 저 위에 있을까? 정말 오늘 아루스를 볼 수 있을까?'

철 무지개의 구조만큼이나 복잡한 생각들이 그의 머릿속에 가득했다.

'날 반가워하지 않으면 어쩌지? 혹시 거기에 또 다른 아이가 있는 것은 아닐까?'

위드미드에게 사다리의 간격은 너무 넓었고 사다리의 발판은 손에 쥘 수 없을 만큼 두꺼웠다. 그가 아직도 귓가에 아른거리는 친근한 소리에 의지하려고 애쓰는 순간 이 쇳소리가 자신이 어렸을 때부터 들었던 에알룸의 숨소리가 아니라 철 무지개의 사다리들이 서로 부딪히면서 나는 소리였다는 것을 알게되었다. 순간 두려움에 휩싸여 하마터면 사다리를 쥔 손을 놓을 뻔 했다. 마음은 안정을 찾지 못했고 사다리를 쥔 손은 마구 떨려왔다.

'조금만 더 오르면 될 꺼야. 얼마 안 남았어.'
사다리의 중간 쯤 올라왔을 때 위드미드는 용기를 내어 자신의 집과 바람의 놀이터가 있을 법한 장소로 눈을 돌렸다. 마음을 가다듬고 천천히 둘러보니 어렵지 않게 찾을 수 있었다.
'내게 외로움만 주었던 커다란 공간이 이제는 손톱보다도 작게 보이는 군.'
위드미드는 한 번도 가 본 적 없는 마을 너머를 보고 싶었다.
'혹시 저 너머에는 바다가 있을까?'

그가 힘들게 아루스의 방 주변에 도착한 시간은 땅거미가 질 때 쯤 이었다. 그렇게 어둡지는 않았으나 여전히 짙은 안개로 인해 앞이 잘 보이지 않았다. 어쩌면 이것은 낮게 드리운 구름일지도 모른다는 생각이 들었다. 위드미드는 이곳에 혼자 오른 것이 무척 자랑스러웠다. 아루스와 함께 올랐던 사다리의 위치에 대한 그의 기억은 틀림이 없었고, 용기와 끈기도 그를 이곳으로 이끄는 데 큰 힘이 되었다. 위드미드는 떨리는 마음을 가다듬고 아루스의 방에 들어갔지만 그는 거기에 없었다. 방의 내부는 아루스와 같이 이곳에 왔었던 그때의 모습과 하나도 달라진 것이 없었다. 아루스는 그날 이후 여기에 오지 않은 모양이었다. 위드미드의 머리가 다시 복잡해졌다.

'아루스는 지금 어디에 있는 걸까?'

위드미드는 다리에 힘이 풀리는 것을 느끼고 천천히 아루스가 앉았던 자리에 누웠다. 허탈함과 허기가 밀려왔다. 잠시 후 기진맥진해진 몸을 일으켜 하나 남은 빵을 꺼내 먹고 창밖을 쳐다보았다. 엄청난 높이가 주는 공포감과 혼자라는 외로움이 그를 거칠게 감싸고 있었다. 이제는 어두워서 주변이 잘 보이지 않았다. 두려움이 밀려왔다.

'이 어둠을 뚫고 다시 내려갈 수 있을까?'

21. 아루스의 방에서 절망하는 위드미드

위드미드는 까마득한 아래에서 들리는 시끄러운 소리에 눈을 번쩍 떴다. 스산한 기운이 밀려와서 양 손으로 어깨를 감쌌다. 벽에 기대 앉아 잠시 잠이 들었던 모양이었다. 위드미드는 잠깐 동안이지만 자신이 왜 모든 것이 낯선 이곳에 와 있게 된 것인지 파악해야 했다.

'참, 아루스를 만나러 온 것이었지.'
일부 안개가 걷힌 방향으로 광장을 내려다보니 많은 사람들이 나와서 웅성대는 것이 보였다. 마치 물래 마을 사람들이 거의 다 모여 있는 것 같았다.
'사람들이 왜 이 밤에 여기에 모였을까?'

아직도 안개와 어둠을 뚫고 위험한 사다리를 내려갈 용기가 생기지 않았다. 그때 불현 듯 머리를 스치는 생각이 있었다.
'곧 철 무지개에 불이 켜지겠구나. 사람들은 아루스를 다시 본 이후부터 바랬던, 영원히 기억될 순간을 놓치지 않으려 모인 것이겠군. 그렇다면 사람들이 바라보는 곳에 틀림없이 아루스가 있을 거야.'

위드미드는 사람들의 시선을 따라 철 무지개의 북쪽 끝을 쳐다보았다. 너무 먼 거리인데다가 시야가 안개에 가려져 제대로 보이지 않았으나 그곳에서 그의 친구가 철 무지개의 불을 켜기 위해 무언가를 하고 있다는 것을 직감적으로 느낄 수 있었다. 위드미드는 가만히 눈을 감고 아루스의 모습을 그려보기 시작했다. 알렘의 빛이 외로운 숲에서 철 무지개로 옮겨지는 모습이 선명하게 그려졌다. 몇 백 년을 이어갈 새로운 역사의 시작이 위드미드에겐 재앙이 되고 있었다.

뒤이어 위드미드는 눈이 아프도록 밝은 빛의 시작을 보았다. 아루스는 남아 있는 모든 힘을 쏟아서 자신의 사명에 최선을 다하고 있을 것이었다. 오래된 철들이 열을 받으며 내는 쇳소리가 마을 사람들의 탄성을 삼켜버릴 정도로 크게 들렸다. 삼백 년 만에 마을에 다시 켜지는 철 무지개, 사람들의 꿈과 희망이 이루어지는 순간이었다.

위드미드는 그 빛과 함께 감당할 수 없는 거대한 열기가 자신에게 오는 것을 느꼈다. 그것이 자신의 남은 삶을 먹어버릴 것만 같았다. 그는 자신이 이곳에 있는 것을 아무도 모른다는 사실과 설사 누군가 그것을 안다고 하더라도 자신에게 아무런 도움이 되지 않는다는 것을 깨달았다. 그리고 그 역시 지금 이 순간 자신을 위해서 할 수 있는 일이 아무것도 없다는 것에 절망했다. 서둘러 사다리에 몸을 싣는다 해도 결과는 여기 있는 것과 마찬가지일 것이었다.

위드미드는 자신이 태양 속의 한 점이 되는 것을 받아들이기로 했다.
'나는 이제 철 무지개의 빛 속으로 흔적도 없이 사라질 거야.'
이 시간 자신을 애타게 찾으며 걱정하고 있을 부모님의 얼굴이 떠올랐다.

위드미드는 눈부신 섬광 속에서 자신이 지금 여기에 있는 이유는 그가 했던 최초의 적극적인 행동의 결과물이라는 것을 깨달았다. 위드미드는 거침없이 자신에게 오고 있는 열기 속에 몸을 맡기기로 했다. 모든 것을 신의 뜻에 맡기고 슬퍼하지 않기로 했다. 또한 자신과 같이 특별한 경험을 한 사람의 삶은 이렇게 끝나도 된다고 생각했으며, 자신의 목에 아직 아뤼르가 걸려 있음에 감사했다.

'네 소리가 나에게 주는 마지막 선물이야.'

위드미드는 마음을 가다듬고 모든 희망을 내려놓은 채 아퓌르를 불기 시작했다. 하지만 철 무지개의 쇳소리와 마을 사람들의 환호 소리가 그 소리를 먹어버렸다. 아루스와의 추억들이 바람이 되어 아퓌르를 통해 불 속으로 전달되고 있었다.

위드미드의 눈이 힘없이 스르르 감기고 있었다.

22. 철 무지개의 불을 켜고 있는 아루스

"그 뒤에 무슨 일이 있었는지 아니, 루알렌?"

나는 호흡을 가다듬고 눈을 떴다. 그리고 대답 없는 루알렌을
쳐다보았다. 그녀는 이미 외로운 숲에 몸을 기대고 곤히 잠들
어 있었다.
'루알렌은 언제부터 잠이 들었던 걸까?'

오후의 햇살은 따스했지만 바람은 루알렌의 이마에 난 땀을 식
혀주었다. 루알렌과 함께 오길 정말 잘했다는 생각이 들었다.
그녀의 숨소리가 마치 에알룸의 숨소리처럼 들렸다. 육십 년
전 그날처럼 다시 아루스와 단 둘이 있는 것 같이 느껴졌다.

사랑스런 루알렌의 눈꺼풀 속에서 눈동자가 미세하게 흔들리
고 있었다.

'이 아이는 어떤 꿈을 꾸고 있는 걸까?'

23. 외로운 숲에서 잠든 루알렌

루알렌의 꿈

루알렌과 에알룸

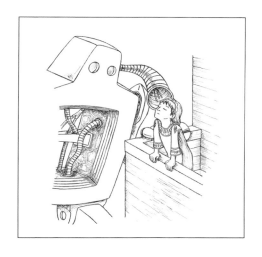

이포 숲 속 아드아브 나무 아래서 아퓌르의 지저귐이 들리자 얼마 지나지 않아 정말로 아루스가 나타났다. 에알룸은 땅거미가 질 무렵에 펼쳐진 이 광경을 숨죽여 지켜보고 있었다. 주변이 조용하지 않았다면 에알룸은 결코 작은 아퓌르의 지저귐을 듣지 못했을 것이다. 가깝지 않은 거리였지만 눈이 좋은 에알룸은 그 장면을 또렷이 볼 수 있었다. 하지만 이상했던 것은 아루스가 오는 소리를 듣지 못했다는 것이다. 누구라도 아퓌르의 소리에 집중하지 않는다면 아루스의 등장 또한 알지 못할 것 같았다.

트리드 성의 이층에 있는 자신의 방에서 창문을 통해 이 장면을 지켜보던 에알룸은 가장 아끼는 스케치북을 꺼내어 이젤에 올려놓고 아루스를 그리기 시작했다. 그녀는 그림을 그리는 동안 아루스처럼 소리를 내지 않으려고 노력했다. 자신이 이곳에서 바라보는 것을 눈치 챈다면 아루스가 떠나 버릴 것만 같았기 때문이었다. 그녀는 무언가를 보고 그릴 때 자신의 눈이 남들보다 좋은 것에 대해 무척 감사했다. 그리고 자신의 방에서 이포 숲의 사계절을 볼 수 있다는 것 또한 고마워했다. 얼마 전부터 아루스를 조용히 관찰하고 있던 에알룸이 그를 스케치북에 담은 것은 그 때가 처음이었다.

마을의 상징인 철 무지개의 빛은 사람들의 걱정에도 불구하고 희미해져 가고 있었다. 철 무지개가 만들어진 초기에는 그 이름처럼 일곱 줄의 빛이 마을을 환히 비추고 있었다고 했다. 시간이 흘러 에알룸이 태어날 때에는 두 줄의 빛이 남아 있었으나 이제 한 줄만 남았고 그것마저 점차 그 밝기를 잃어가고 있었다.

"아빠, 아루스가 철 무지개를 지켜준다고 하지 않았나요?"
밤 인사를 하려고 에알룸의 방에 들어온 트리드에게 에알룸이 물었다.
"네가 며칠 만에 말을 꺼낸 건지 아니?"
오랜만에 입을 연 그녀의 질문이 무척이나 반가웠던 트리드가 이렇게 되물었다가 이내 에알룸의 질문을 생각해 냈다.
"맞아, 아루스가 지켜주지."
"그런데 왜 철 무지개의 불이 점점 꺼지고 있어요?"

갑작스런 에알룸의 질문에 트리드의 머릿속이 복잡해졌다.

"그건… 마을에 알렘의 꽃이 거의 남아 있지 않기 때문일 거야. 알렘의 꽃이 철 무지개를 밝히는 원료가 되는 거거든."

"그럼 철 무지개가 생긴 이후 지금까지 아루스는 알렘의 꽃을 찾아 다녔겠네요?"

"그랬겠지."

에알룸이 잠시 생각에 잠기더니 다시 물었다.

"알렘의 나무에는 언제 다시 꽃이 피나요?"

"그건 나도 잘 모른단다. 전해 내려오는 이야기로는 알렘의 나무는 삼백 년에 한번 씩 꽃을 피운다고들 하지. 하지만 누가 삼백 년을 살아서 그걸 증명할 수 있겠니?"

"아빠는 그런 것들을 어떻게 아세요?"

"아빠도 책에서 본 거야. 성의 지하에 서고가 있는 걸 너도 알잖니?"

에알룸은 그 사이 침대 속으로 들어갔다.

"불을 꺼주련?"

"아퓌르는 알렘의 꽃을 찾을 수 있다죠? 알렘의 꽃에서 어떤 향이라도 나는 걸까요?"

에알룸은 대답 대신 무척이나 진지한 눈빛으로 이렇게 물었다.

"아퓌르는 원래 더운 지역에서 사는 새란다. 그런데 언제부터

인가 우리 마을에도 찾아오기 시작했지. 아퓌르가 어떻게 알렘의 꽃을 찾는 지는 아무도 모를 거야. 알렘의 꽃에서 특별한 향이 나는 건지, 아니면 그 주변이 혹시 자신들이 살던 곳처럼 따뜻한 건 아닌지 모르겠구나. 여하튼 사람들이 추측할 수 있는 건 아루스가 아퓌르의 소리를 따라간다는 것뿐이란다."

잠자코 듣고 있는 에알룸의 눈이 반짝였다.

"너는 아퓌르의 지저귐을 들어본 적 있니? 워낙 그 소리가 작아서 그런지 난 아직도 그 소리를 들어본 적이 없단다."

"저는 들어봤어요. 아드아브 아래서 지저귀면 제 방에서도 들리는 걸요?"

트리드는 이미 깜깜해 진 창 밖으로 고개를 돌려서 달빛이 내려앉은 이포 숲을 쳐다보았다.

"그 시간에 내가 너와 같이 있었다 해도 내 귀에는 그 소리가 들리지 않았을 것 같구나."

"그렇다면 아루스도 저처럼 귀가 무척 밝은 거겠네요? 그리고 아루스는 아퓌르가 지저귀는 곳에 알렘의 꽃이 있다는 것도 아는 것일 테고요."

"아마도 그럴 거야. 아빠가 성의 서고를 마을 사람들한테 개방

한 것 알지? 〈철 무지개 백서〉를 읽어본 사람이라면 그 정도
는 알고 있을 거다."

"그럼 저곳에도 알렘의 꽃이 있겠네요?"

에알룸이 손가락으로 아루스가 다녀갔던 아드아브 나무 아래
를 가리켰다.

"글쎄다. 정말 저기 어딘가에 알렘의 꽃이 있을까? 어쩌면 아
퓌르는 알렘의 꽃만큼이나 다른 꽃들도 좋아할지 모르는 거
야. 그리고 아루스 역시 알렘의 꽃을 찾기 위해서가 아니라 아
퓌르의 소리를 좋아하기 때문에 저곳에 왔던 것일지도 모르는
거 아닐까?"

"그렇게 생각할 수도 있겠네요."

트리드의 답변에 고개를 끄덕이던 에알룸이 다시 물었다.

"철무지개 백서에 그런 이야기들이 다 나와 있나요?"

"아니 그렇지 않아. 무척 간단하게 나와 있단다. 그리고 그 책
의 내용 역시 누군가가 했던 추측의 결과물을 적어놓은 것이니
모두 맞는 것이라고 볼 수도 없겠지. 그러니 나도 그 책을 쓴
사람처럼 나만의 추측을 해 보는 거야. 아루스와 소통할 수 있
다면 진실을 알지도 모르겠지만..."

트리드의 대답에 천장을 한참이나 쳐다보던 에알룸이 다시 물었다.

"사람들이 걱정하는 것처럼 아루스도 철 무지개의 불이 꺼질까 봐 걱정할까요?"

아빠에게 질문하는 어린 에알룸의 눈 속에 궁금함이 가득했지만 그 눈을 지켜보는 트리드의 마음속엔 슬픔이 가득했다.

'이 아이가 얼마나 더 살 수 있을까?'
트리드가 병에 걸린 이후 점점 말이 없어진 에알룸과 나눈 오랜만의 대화는 오로지 아루스에 관한 것이었다. 그나마 에알룸이 아직도 무언가에 집착할 힘이 남아 있다는 것이 다행이었다.

"아루스 말고는 궁금한 것이 없는 모양이구나."

"아니에요, 철 무지개도 궁금하고 아퓌르도, 알렘의 꽃도 궁금해요."

"참, 알렘이란 나무는 두 나무가 서로 가까이 있으면 특별한 반응을 한다는구나."

"어떻게요?"

트리드는 일어서서 벽 등의 촛불을 끄며 말했다.

"글쎄다, 그건 나도 잘 모르겠네. 밤이 늦었다. 좋은 꿈꾸렴."

방을 나가려는 트리드의 등 뒤에서 에알룸의 물었다.

"참, 루세이 산에 있다는 제 아드아브에는 언제 데려가실 거예요?"

24. 자신의 방에서 아루스를 숨죽여 쳐다보는 에알룸

트리드는 그녀의 질문에 잊고 있었던 〈아드아브의 약속〉이 기억났다. 에알룸이 태어나던 날 트리드는 철 무지개를 보기 위해 아내와 같이 종종 오르던 루세이 산의 언덕에 아드아브 나무를 심었다. 그건 그가 딸에게 주는 첫 번째 선물이었다. 언젠가부터 트리드가 꿈꾸던 미래가 있었는데 그것은 훗날 아드아브의 가지가 무성해지면 그 그늘 아래에 벤치를 만들어 성장한 딸과 늙은 아비가 나란히 앉아서 해질녘의 물래 마을을 내려다보며 이런저런 이야기를 나누는 것이었다. 트리드는 종종 에알룸에게 아드아브 나무 아래에서는 언제나 근사한 일들이 생겨난다고 말했고 머지않은 시간에 그곳에 같이 오르자고 약속했었다. 하지만 아내가 병으로 세상을 떠나고 딸마저 같은 병에 걸리자 절망의 시간을 보내다가 이제 그 약속을 지킬 수 없는 시기가 왔음을 받아들여야 했다. 루세이 산을 오르는 일은 아픈 딸에게는 무리였다. 그는 진작 에알룸을 그곳에 데려가지 못했던 자신이 원망스러웠으나 그것보다 더 그를 힘들게 하는 건 또 다시 에알룸에게 지키지 못할 약속을 할 수밖에 없는 지금 상황이었다.

"가야지, 네가 조금만 더 나아지면 가야지."

에알룸의 방에서 나온 트리드는 복도에 있는 난간에 기대어 서서 이포 숲 너머의 철 무지개를 바라보았다. 남아있는 한 줄의 빛이 힘겹게 반짝이고 있었다. 그가 어린 시절 이곳에서 바라보았던 철 무지개가 생각났다. 주황색, 보라색을 제외한 다섯 줄의 빛이 온 마을을 비추고 있었다. 그것만으로도 이포 숲의 새들이 다 보일 정도로 밝았으며 나무의 열매들은 하나하나 빛을 받아 반짝이는 전구와도 같아 보였다. 아이들은 어느 곳에서건 안전하게 놀았고 마을 사람들이 밤낮없이 작업을 했다. 마을을 덮은 구름마저도 하얀 이불처럼 보였다. 어둠속의 마을을 더없이 아름다운 그림으로 만들어 주었던 그 당시의 사람들과 아루스의 노력이 눈물겹게 느껴졌다.

'아름다운 것들은 왜 사라지는 것일까?'

25. 성의 복도에서 불 켜진 철 무지개를 쳐다보는 어린 시절의 트리드

얼마 후 삼백 년이나 불을 밝히던 철 무지개가 정말 꺼져버리고 말았다. 이미 이러한 상황을 예상하고 있던 마을 사람조차도 마지막 남은 불이 꺼지자 재앙을 맞은 것처럼 불안해했다. 물래 마을의 사람들은 더 이상 아퓌르의 지저귐을 들을 수 없었고 아루스의 모습도 볼 수 없었다. 그나마 다행인 것은 마을 하늘을 덮은 구름의 두께가 점차 얇아지고 있어서 마을이 예전처럼 어둡지는 않다는 것이었다. 이년의 세월이 더 흘렀다. 에알룸의 병은 더 악화되어서 이제는 혼자 걷기도 힘든 몸이 되었다. 그나마 그녀가 하루하루를 버틸 수 있었던 유일한 이유는 창문을 통해서 계절에 따라 변화하는 이포 숲을 쳐다볼 수 있다는 것이었다.

그해 오월 십이 일, 트리드는 에알룸에게 특별한 모양의 작은 피리를 선물했다. 그날은 에알룸의 열두 번째 생일날이었다.
"에알룸, 우리 마을에서 제일가는 목수가 알렘의 나무를 깎아서 만든 피리란다. 잘 분다면 아퓌르의 소리를 낼 수 있을 거야."
에알룸이 벽에 걸린 달력을 쳐다보며 기쁘지도 슬프지도 않은 표정으로 말했다.

"제 마지막 생일선물이 되겠죠?"

"아니다 에알룸, 그런 소리 마라."

봄볕이 포옹하는 부녀의 등을 어루만져 주었다.

다음날 아침, 에알룸은 붓을 꺼내 피리에 아퓌르의 색을 칠하기 시작했다. 그 새를 자세히 본 적은 없었지만 멀리서 보았던 그 모습을 한 번도 잊은 적이 없었기에 기억을 되살려 색을 칠하는 것은 그녀에게 그리 어려운 일이 아니었다.

'아퓌르는 파란 색이었어. 목덜미 부분의 깃털은 노란색이었던 것 같은데…'

다 칠 해 놓고 나니 정말 기억 속의 아퓌르와 닮아 있었다.

'아퓌르들은 모두 어디로 갔을까?'

며칠 뒤 에알룸은 정성을 다하여 그 피리를 불어보았다. 그녀는 진심으로 그 피리 소리가 아퓌르의 지저귐이 되기를 바랐다. 그 소리는 아퓌르의 지저귐과 그리 비슷하게 들리지는 않았으나 마치 밤하늘의 별들로부터 들려오는 소리처럼 맑고 청아했다.

26. 이포 숲을 바라보며 알렘으로 만든 피리를 부는 에알룸

에알룸의 피리 소리가 트리드의 성을 수놓은 지 일주일 쯤 지난 어느 늦은 오후, 아루스가 그녀의 창 앞에 와 있었다. 그녀가 꿈꾸어 왔던 순간이 누군가가 오래전 그린 그림처럼 낯익은 모습으로 눈앞에 펼쳐지고 있었다.

'언제부터 와 있었니? 아무런 소리도 듣지 못했는데.'
에알룸은 기쁨도 두려움도 내색하지 않고 아루스에게 천천히 다가갔다. 그녀는 그러한 행동이 영주의 딸로서 지켜야 할 품위 있는 행동이라고 애써 생각하고 싶었다. 하지만 사실 그녀는 그렇게 하지 않으면 아루스가 가버릴 것이라고 생각한 것인지도 몰랐다.

'아퓌르의 소리를 듣고 온 거지?'
에알룸은 이렇게 묻고 싶었으나 아루스와 어떻게 소통해야 할지 알 수 없었다. 아루스는 상체를 굽혀 에알룸의 방 구석구석을 천천히 둘러보았다. 자신의 앞에 있는 작은 소녀에게는 전혀 관심이 없는 것처럼 보였다. 에알룸은 아루스가 자신의 방 안에서 아퓌르를 찾는 것이라고 생각했다. 방 안을 둘러보던 아루스의 시선이 에알룸에게서 멈추었다.

'나를 부른 것이 너인가?'
라고 묻는 것 같았다.

'아퓌르는 없어, 내가 부는 피리 소리였어.'
에알룸은 작은 손에 쥐고 있던 피리를 보여주었다. 그녀는 두려워하는 자신의 감정이 아루스에게 전달되는 것을 원치 않았기에 떨리는 손을 애써 진정시켰다. 마음을 굳게 먹으니 왠지 더 용감해지는 것 같았다. 아루스는 피리를 들고 있는 에알룸의 손을 내려다보았고 그녀는 천천히 고개를 들어 아루스의 눈을 쳐다보았다. 아루스의 눈 속에 석양이 있었다. 그의 눈 속에서 미세한 진동을 보지 못했다면 에알룸은 그의 눈에 구멍이 뚫려있다고 생각했을 것이다.

'너는 귀가 굉장히 밝은가 봐, 아퓌르의 작은 소리를 듣는 걸 보니.'
에알룸은 나팔처럼 생긴 아루스의 왼쪽 귀가 꽤나 우스꽝스럽다고 생각했다.
'아루스에게는 내 피리 소리가 아퓌르의 지저귐으로 들렸던 것일까?'

아루스가 잠시 후 허리를 펴고 일어서자 뻥 뚫린 그의 배 사이로 성의 정원에 흐드러지게 피어있는 민트색의 미루즈 꽃들이 에알룸의 눈에 들어왔다. 매일 보던 곳이었으나 아루스의 배를 통해서 보니 마치 다른 세상의 정원인 것처럼 느껴졌다. 에알룸은 자신의 방이 이층에 있다는 것이 무척 다행이라고 생각했다.

'내 방이 일층에 있었다면 아루스의 두 발만 보였을 거야.'

잠시 후 아루스는 땅거미 지는 하늘처럼 어둡게 변해버린 눈으로 조용히 돌아서서 그녀를 떠났다. 에알룸은 아루스가 조용히 사라진 이포 숲을 응시했다. 트리스 성의 정원에서는 어제 밤보다 많은 꽃향기가 나는 것 같았다.

27. 아퓌르의 소리를 듣고 에알룸을 찾아온 아루스

아루스가 왔었다는 말을 들은 트리드는 진심으로 기뻐했다. 자신이 하나밖에 없는 딸과 많은 시간을 함께 보내지 못하는 것에 대해 항상 미안해하고 있었기 때문이었다. 트리드는 마을의 영주로서, 물래 마을에서 벌어지는 시시콜콜한 일들 까지도 모두 알고 있어야 했고 언제나 현명한 판단을 내릴 수 있는 혜안도 갖추고 있어야 했다. 그는 대부분의 시간을 성의 서고에서 책을 읽거나, 옷을 갖춰 입고 마을 사람들을 만나서 갖가지 억울한 이야기를 듣는 데 할애했다. 그에게는 훌륭한 영주가 되는 것이 부끄럽지 않은 아빠가 되는 것이라는 굳은 믿음이 있었다. 하지만 에알룸이 자랄수록 자신이 결코 채워 줄 수 없는 아내의 빈자리가 크게만 느껴지는 것은 어쩔 수 없었다. 자신이 자리를 비운 시간에도 늘 에알룸을 지켜주는 누군가가 있기를 진심으로 바랐다. 그래서 그는 에알룸이 아루스와 같이 있고 싶어 하면서도 피리를 자주 불지 않는 것이 늘 궁금했다.

"왜 요즘엔 피리를 불지 않니? 아루스가 보고 싶지 않니?"
"엄마도 저와 같은 병이셨다죠?"
트리드는 갑작스런 에알룸의 질문에 잠시 말문이 막혔다. 불현듯 칠년 전에 세상을 떠난 티아리안의 얼굴이 바람처럼 스쳐갔다. 트리드는 애써 태연한 척 하며 말했다.

"맞아, 하지만 너는 그렇게 되지 않을 거야. 엄마보다 훨씬 더 튼튼하잖니?"

'내겐 너무 생생한 그녀의 얼굴을 이 아이도 기억하고 있을까?'

"그런데, 엄마 얼굴이 기억나니?"

하지만 태연한 쪽은 에알룸이었다.

"아니요. 칠년이나 지난 일이잖아요."

트리드가 방에서 나가려고 소파에서 일어서는데 에알룸이 말했다.

"왜 피리를 자주 불지 않느냐고 하셨죠?"

에알룸은 기억력이 좋은 아이였다. 아빠의 질문을 잊을 리 없었다.

"마음속으로는 언제나 아루스가 와 주기를 원해요. 하지만 피리를 함부로 불지는 않을 거예요. 아루스가 정말 아무 때나 오면 어떡해요? 저도 그를 맞으려면 준비할 시간이 필요하잖아요."

문을 닫으려는 트리드의 등 뒤에서 에알룸이 작게 덧붙였다.

"저는 영주의 딸이잖아요."

에알룸은 이 특별한 친구가 자신과 만나는 모습을 아무한테도 들키지 않기를 원했다. 누구에게도 방해받고 싶지 않기도 했지만 아루스의 등장을 알게 된 마을 사람들의 기대가 아루스에게 부담을 줄지도 모른다는 생각이 들었기 때문이기도 했다.

비 내리던 어느 날 저녁, 에알룸이 책상 위에 있던 피리를 들었다가 이내 다시 책상에 내려놓았다.
'빗소리에 묻혀 피리소리가 들리지 않을 거야.'
그날 그녀는 새벽녘까지 책상에 엎드려 있었다.

28. 책상에 엎드려 있는 에알룸

그 다음날 저녁 에알룸이 피리를 불었다. 비는 그쳤지만 흐린 하늘이 계속되고 있었다. 불안한 기다림이 시작되었다. 지난 번에 아루스는 피리 소리를 듣고 왔을 뿐 자신을 찾아온 것이 아니었다는 것을 에알룸은 똑똑히 기억하고 있기 때문이었다.

'아루스가 내게 와 줄까? 피리 소리가 아닌 내게?'

다행히도 에알룸의 기다림은 그리 길지 않았다. 잠시 후 거짓 말처럼 아루스가 에알룸의 창밖에 나타났다. 에알룸은 아루스를 안아주고 싶을 정도로 기뻤지만 자신의 마음을 어떻게 그에게 전달해야 할지 몰랐다. 아루스는 그녀와 눈높이를 맞추려는 듯 허리를 굽혔다. 손만 뻗으면 만질 수 있는 곳에 아루스의 얼굴이 있었다. 에알룸은 짓궂게도 흐린 하늘을 담고 있는 아루스의 눈 속에 손을 넣어보고 싶었다.

아루스는 그 자세로 한참동안 움직이지 않았다.

'나도 꼼짝 않고 네 눈을 쳐다보겠어....'

에알룸도 오기가 생겨서 그 자세 그대로 자리를 지켰다. 먼저 움직인 것은 아루스였다. 아루스는 주먹 쥔 오른손을 에알룸의 창문 안으로 들이밀고 천천히 손을 폈다. 에알룸은 테라스의 난간과 작은 화분들이 부서지면 어쩌나 우려했지만 아루스의 조심성 있는 행동을 보고 그런 걱정은 하지 않기로 했다.

아루스의 손바닥 위에는 정체 모를 검은 돌 같은 것이 있었다.

에알룸은 그것을 집어 들고 자세히 관찰했다. 그것은 어떤 식물의 씨앗처럼 보였는데 보통의 씨앗보다는 무척 크고 단단했으며 무거웠다. 유심히 보니 씨앗의 세로로 난 틈 사이사이에서 작은 빛이 새어나오는 것 같았다. 어쩌면 매끈한 부분이 달빛을 반사하는 것 일수도 있었다. 신기하기만 했다.

'이건 어떤 식물의 씨앗일까?'

에알룸은 이제까지 한 번도 본 적이 없는 이 씨앗이 어떤 꽃을 피우게 될지 알고 싶었지만 더 궁금한 건 따로 있었다.

'그 커다란 손으로 어떻게 이 씨앗을 떨어뜨리지 않고 가져왔을까?'

에알룸은 아루스가 돌아간 뒤 그 씨앗을 어떻게 해야 할지 고민하다가 책상 서랍 안에 깊이 넣어 두었다.

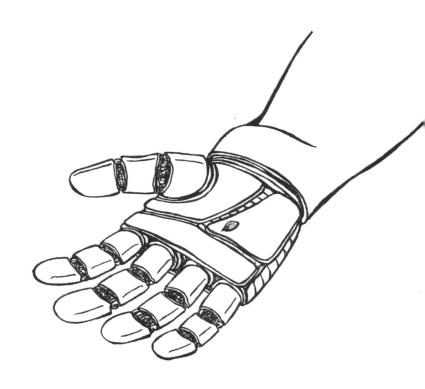

29. 아루스의 손바닥 위에 놓인 알렘의 씨앗

그해 여름은 무척이나 더웠다. 밤이 되어도 기온이 내려가지 않아서 에알룸은 밤잠을 설치기 일쑤였다. 유난히 잠이 안 오는 밤이면 피리를 불고 싶은 마음이 간절했지만 대부분 마음을 접고 그냥 내려놓았다.

'오늘은 아니야, 조금만 더 참아 볼 거야.'

그녀는 언제나 자신의 피리 소리에도 아루스가 오지 않을까 봐 걱정했다. 그런 일이 벌어진다면 참기가 어려울 것 같았다. 그러기에 피리를 부는 것이 더 조심스러웠다. 여름 더위가 절정에 달한 때 쯤 에알룸이 피리를 다시 꺼내 들었다.

'오래 참았어, 날 기다리지 않게 해 줘 아루스.'

오래지 않아 아루스가 창문 앞에 나타났다.

이번에도 아루스는 지난번처럼 그 큰 손을 에알룸의 창을 통해 방으로 집어넣고 손바닥이 위를 향하도록 주먹을 폈다. 이번엔 그 손에 무엇이 있을지 기대했던 그녀가 말했다.

"아무것도 없는데?"

에알룸은 한 동안 그렇게 불편한 자세를 유지하는 아루스가 무엇을 하려는 건지 궁금했으나 알 길이 없었다. 하지만 그의 눈을 쳐다보았을 때 아루스가 원하는 것이 무엇인지 알 것 같앉다. 에알룸은 천천히 아루스의 손에 올라가 앉았다. 아루스의 손은 생각보다 딱딱하지도, 차갑지도 않았다. 아루스는 조심스럽게 에알룸이 앉은 손을 그의 텅 빈 배로 가져갔다. 에알룸은 안정적인 자세로 아루스의 손을 딛고 일어나 그의 배에 앉았다.

'아루스가 원하는 것이 이것이었을까?'

그 모습은 마치 오래 전 집을 떠났던 새끼 새가 시련을 견디고 다시 예전 그 둥지로 돌아오는 모습처럼 보였다.

'이건 나의 꿈, 아니면 아루스의 꿈일 거야.'

에알룸은 자신의 얼굴을 꼬집어보고 싶었다. 아루스는 에알룸을 태우고 이미 어둑어둑해 진 이포 숲 깊은 곳으로 둘만의 여행을 떠났다. 에알룸은 자신의 이층 방이 이포 숲 속으로 들어온 같다고 생각했다.

'너무 신기해, 내 방이 그대로 돌아다니는 것처럼 모든 것이 내려다 보여.'

나뭇가지와 새들이 그녀의 눈높이에 있었고 아루스의 발 근처에는 연갈색의 프라프라 꽃이 은은하게 달빛을 받고 있었다. 아루스는 에알룸이 불안해하지 않도록 천천히 걸었다. 에알룸은 모든 것을 아루스에게 맡기고 지그시 눈을 감았다. 이포 숲의 모든 소리가 그녀의 귀로 빨려 들어오는 것 같았다. 바람에 흔들리는 나뭇가지가 서로를 쓰다듬는 소리, 여기저기서 들려오는 이름 모를 풀벌레들의 소리, 아루스의 등장에 긴장하는 새들의 지저귐, 시냇물이 흐르는 소리, 심지어 달빛이 숲속에 내려앉는 소리까지 들리는 것 같았다. 에알룸은 눈을 감고 곰곰이 생각해 보았다.

'아루스는 어떻게 소리를 내지 않고 움직이는 거지? 발에 스폰지라도 달린 걸까?'

시원한 이포 숲의 밤공기가 아루스와 에알룸을 감싸주었다.

한 밤중이 되어서야 에알룸의 방으로 되돌아온 아루스는 그녀를 자신의 배로 옮길 때보다 더 조심스럽게 그녀의 방에 내려주었다. 아루스는 소리 없이 사라졌고, 에알룸은 곧 깊이 잠들었다.

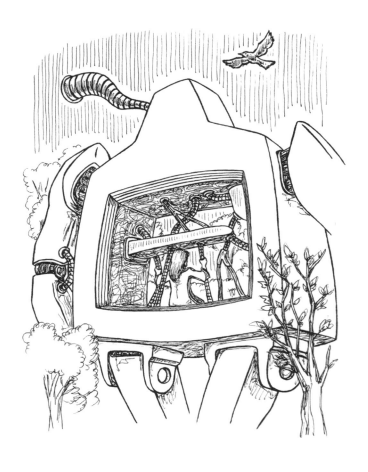

30. 이포 숲으로 걸어가는 아루스와 에알룸

"아루스가 다녀갔었구나!"

다음 날 아침식사 후 루알렌의 방에 들어온 트리드가 말했다.

"어떻게 아셨어요?"

"아까 식사를 마칠 때 네 표정을 보고 알았단다. 거울을 봐. 네 표정이 얼마나 밝은지!"

에알룸은 트리드의 말을 듣고 거울 앞에 섰다.

에알룸은 아빠가 보았을 웃음을 애써 지어보였다. 어색했다.

"아빠, 제가 웃었어요? 행복해 보였나요?"

"그랬단다. 식사할 때 아루스의 이야기를 나누었어도 좋았잖니?"

"우리 사이가 조금 더 친해진 다음에 말씀드리고 싶었어요."

트리드는 기다리게 하지 말고 바로 이야기해 달라고 말하고 싶었다.

"아루스는 어떤 친구니?"

대답을 준비하는 에알룸의 눈이 반짝였다.

"아루스는 소리를 내지 않아요."

"어떻게 그럴 수가 있니? 그렇게 커다란 덩치가!"

"저도 모르겠어요. 신기하기만 해요."

"그럼 아루스가 네게 오는지 어떻게 알지?"

"느낄 수 있어요. 갑자기 창밖이 어두워지는 것 같기도 하고요."

트리드 역시 어제 밤에 아무 소리도 들리지 않았다는 것이 이상하다고 생각하던 차였다.

"아루스는 자신이 어디에 있는 지 아무한테도 알리고 싶지 않은 모양이구나."

"그런가 봐요. 하지만 아루스와 가까이 있으면 나뭇가지가 그의 몸에 닿을 때 나는 소리를 들을 수 있어요. 자세히 들어보면 나뭇가지들이 박수를 치는 소리 같아요."

에알룸은 자신의 표현이 적절했다고 생각하고 만족스런 표정을 지어 보였다.

"아무도 듣지 못하는 소리를 혼자 들었구나, 에알룸!"

트리드는 어제 그 시간 이포 숲으로 향하는 에알룸과 아루스를 긴장된 표정으로 가만히 지켜보고 있었다. 저녁시간을 주로 서고에서 보내던 평소와는 달리 어제는 복잡한 생각들을 정리하느라 정원 벤치에 앉아 있었기에 가능한 일이었다.

'피리를 만들어 준 목수에게 상을 내려야겠어.'

"아루스가 이것을 주었어요. 어떤 식물의 씨앗인 것 같아요."

에알룸은 서랍에서 아루스가 주었던 씨앗을 꺼내어 트리드에게 보여주었다.

씨앗을 유심히 살펴보던 트리드가 말했다.

"이건 알렘의 씨앗인 것 같다. 네 피리와도 감촉이 비슷하잖니?"

"알렘의 씨앗을 보신 적이 있어요?"

"아니, 하지만 그것에 대한 이야기를 들어본 적이 있어. 크고 무겁고 검다고, 그리고 자세히 봐. 속에서 빛이 나는 것 같지 않니?"

에알룸은 씨앗을 두 손으로 가리고 들여다보았다. 지난밤에 자신이 본 빛이 정말 이 씨앗에서 난 것일지도 모른다는 생각이 들기도 했다.

"잘 모르겠어요."

"지금이 낮이라 그럴 거야. 밤이 되면 더 잘 보일지도 모른다."

에알룸은 그런 내용도 책에 나와 있는 것인지 궁금했지만 이번에는 묻지 않았다.

"아루스는 이 귀한 것을 왜 제게 주었을까요? 이것을 어떡해야 할지 모르겠어요."

그녀의 표정에 근심이 가득했다.

"에알룸, 아루스가 왜 네게 왔다고 생각하니?"

트리드는 머뭇거리는 에알룸의 작은 어깨를 잡고 눈을 쳐다보며 이렇게 이야기해 주었다.

"어떻게 해야 할지는 저 씨앗이 결정해 줄 것 같구나. 하루하루를 최선을 다해서 살아간다면 너는 그 때를 알아차리게 될 거야."

에알룸은 기대와 의심의 눈으로 씨앗을 조금 더 바라보다가 다시 서랍에 넣어 두었다.

하지만 밤이 되어도 알렘의 씨앗에서 빛이 나는 것 같지 않았다.

'이것이 정말 빛을 품고 있기는 한 걸까?'

영주이기에 다른 사람들보다 더 많은 것을 알고 있어야 한다는 강박감에 쉬지 않고 서고를 드나들었을 아빠를 생각하니 측은한 느낌이 들어 코끝이 찡해졌다.

'가여운 우리 아빠.'

31. 알렘의 씨앗에서 빛이 나오는 지 확인하는 에알룸

이후에도 에알룸이 피리를 불면 아루스는 어김없이 와 주었다. 아루스의 텅 빈 배는 언제나 그녀의 놀이터가 되어 주었고 아루스와 함께 이포 숲을 산책할 때면 언제나 새와 꽃과 물과 달이 그 둘을 반겨주었다. 에알룸은 이 행복이 불행했던 자신의 과거에 대한 보상이라고 생각했다.

'아루스를 만나기 전에 내가 웃어본 적이 있었나?'

새도 울지 않고 바람도 불지 않고 시냇물 소리마저 잠잠하던 어느 날, 그녀는 정말로 아루스의 소리를 들을 수 있었다.

"아루스, 무슨 소리야?"

아루스의 배에 앉아 있던 에알룸이 아루스의 얼굴을 쳐다보며 물었다. 아루스의 귀 근처에서 작은 새소리가 들리는 듯 했다. 에알룸이 귀를 기울여보니 나팔처럼 생긴 아루스의 귀 속에서 얼마 전에 들었던 소리들이 맴돌고 있음을 알 수 있었다. 아루스는 에알룸이 그 소리를 더 잘 들을 수 있도록 자신의 귀를 그녀의 얼굴 쪽으로 움직여 주었다. 에알룸은 아루스의 귀에 있는 둥글게 파인 홈이, 그가 들었던 소리를 며칠 동안 저장하고 있다고 생각했다.

'아루스의 귀는 소리만 잘 듣는 것이 아니구나. 그의 귀에서 나는 소리를 계속 듣는다면 그가 어디를 다녀왔는지 모두 알

것 같아.'

에알룸은 알아서는 안 될 비밀을 눈치채버린 사람처럼 혼자서 가벼운 미소를 지었다.

'아루스에겐 어떤 비밀이 더 있을까? 그가 말을 할 수 없으니 내가 천천히 알아가야겠지.'

아루스를 만나기 전, 에알룸의 유일한 취미는 창밖을 바라보며 그림을 그리는 것이었다. 트리드는 언제나 최고급 그림 도구들을 선물함으로써 그의 유일한 딸 에알룸의 그림에 응원과 지지를 보내주었다. 에알룸이 그림을 그린 날은 주로 아루스와 만난 다음 날이었는데 그림의 소재는 대부분 전날 산책 중에 받은 영감에 대한 것이거나 아루스에 관한 것이었다.

에알룸은 자신이 보낸 행복한 시간만큼 자신의 몸도 녹슬어 간다는 것을 받아들이고 있었다. 어느 순간부터는 숨이 가빠 와서 더 이상 아루스와 산책을 가는 것은 힘들겠다고 생각했다.

비껴갔으면 하는 날들이 에알룸에게 정직하게 다가오고 있었다.

며칠 뒤 에알룸은 그녀를 찾아온 아루스에게 이제부터는 같이 산책을 가지 못하겠다는 말을 꺼내려 했으나 차마 입이 떨어지지 않았다. 그 대신 며칠 전 그렸던 그림을 꺼내 보여주었다. 알렘의 나무를 상상하여 그린 것이었다.

"널 생각하며 그린 그림이야. 그 동안 특별한 나무의 꽃으로 철무지개를 밝혀 주었잖아."

손을 뻗어 에알룸을 자신의 텅 빈 배에 앉히려 했던 아루스는 평소와 다른 그녀의 행동에 조금 의아했는지 잠시 동안 움직이지 않고 가만히 있었다. 그리고는 하늘 빛 눈으로 그 그림을 뚫어져라 쳐다본 후 손바닥을 뒤집어서 바닥에 대고 팔꿈치를 들어 보였다.

'무슨 말을 하고 싶은 거니, 아루스?'

에알룸은 아루스의 반응에 당황했지만 내색하지 않고 가만히 있었다. 잠시 후 아루스는 천천히 몸을 일으켜 세우고는 이포 숲으로 사라졌다. 예전과 다른 오늘을 받아들인 모양이었다. 에알룸은 아루스의 행동이 무엇을 뜻하는 것이었을까 고민하느라 밤잠을 설쳤다.

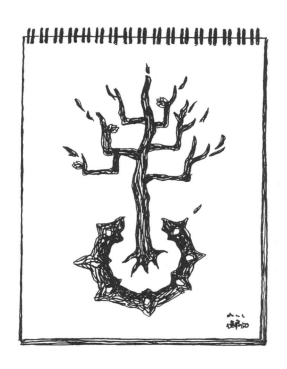

32. 에알룸이 스케치북에 그린 알렘의 나무

"엄마는 어떤 사람이었어요?"

그렇게 묻는 에알룸의 얼굴에서 언뜻 티아리안의 표정이 스쳐갔다.

'그녀도 어렸을 때 에알룸처럼 고왔을까?'

얼마 전부터 트리드는 에알룸의 질문을 무척이나 힘들어 했다. 그녀의 질문에 정직하게 대답하려면 언제나 잊고 싶었던 과거를 떠올려야 했기 때문이었다. 그날도 그랬다.

"네 엄마는 물래 마을의 석양을 무척 좋아했단다. 빠알간 해가 철 무지개에 걸려있는 모습을 바라보는 걸 정말 좋아했단다."

"엄마와 함께 종종 해지는 모습을 보신 모양이네요."

"그랬어. 유난히 맑았던 날이면 우리는 루세이 산의 언덕에 나란히 앉아 해지는 모습을 보곤 했단다. 항상 그녀가 먼저 그곳에 가자고 말했어. 산을 오르는 일은 몸이 약했던 네 엄마한테는 무척 힘든 일이었을 텐데 말이야."

"아빠가 제 나무를 심으셨다는 그 언덕 말이군요."

"맞아 바로 거기야, 네 엄마는 그곳에 앉아 종종 은은한 소리로 휘파람을 불었어. 철 무지개 아래로 사라지는 해를 바라보며 들었던 그 소리는 하늘에서 들려오는 소리 같이 신비롭고 아름다웠어. 난 한 번도 그 소리를 잊은 적이 없단다."

에알룸은 어떤 상황이 닥쳐도 신중하게 생각하고 현명한 판단을 하며 필요한 말을 정확히 할 줄 아는 아이였다.
'그곳에 내 아드아브를 심자고 한 건 엄마였구나.'

회상에 잠겼던 트리드가 행여 붉어진 눈시울을 딸에게 들킬세라 황급히 자리에서 일어서며 말했다.
"배고프지 않니? 벌써 점심때가 된 것 같구나."
트리드의 옷에 달려있는 치렁치렁한 영주의 장신구들이 그날 따라 큰 소리를 내며 서로 부딪히고 있었다.

"아빠, 옷이 무겁지 않으세요?"

33. 에알룸 기억 속의 티아리안

에알룸은 그 후 며칠 동안 이포 숲 속에서 힘든 걸음으로 프라
프라 꽃을 찾아다녔다. 프라프라 꽃으로 물감을 만들면 지워
지지 않는다는 이야기를 들은 적이 있기 때문이었다. 일주일
쯤 뒤의 어느 날 오후 에알룸의 피리 소리에 다시 아루스가 찾
아왔다. 그날따라 그의 눈에는 하늘 이외에 무언가가 더 담겨
있는 느낌이었다.

"난 준비 되었어, 아루스!"
에알룸의 표정을 보고 아루스가 오른팔을 에알룸의 방 발코니
에 조심스레 걸쳐놓았다.
'오래 걸릴지도 몰라. 움직이면 안 돼!'
아루스 눈 속의 무언가가 움직였다. 마치 하늘빛의 물이 출렁
대는 것 같았다. 에알룸은 발코니에 나가서 프라프라 꽃으로
만든 물감을 붓으로 찍어서 아루스의 오른팔에 그림을 그리
기 시작했다.

'아루스는 지금 어떤 생각을 하고 있을까? 간지럽지는 않을까?
어떤 그림을 그려줄지 궁금해 하고 있을까?'
에알룸의 그림이 아루스의 팔에 스며들고 있었다. 평소와는 달
리 그의 팔이 사람의 살처럼 부드럽게 느껴졌다. 그녀는 아루

스의 미세한 떨림을 느꼈고 그가 숨을 쉬고 있다고 생각했다. 그건 자신이 그림을 그리는 동안 아루스가 충분히 긴장하고 있었으며 행복해 하고 있었다는 증거라고 생각했다.

에알룸이 그림을 완성했을 때 날은 이미 저물어 있었다. 이포 숲이 품고 있던 프라프라의 신비한 색이 어느새 아루스의 오른 팔에서 달빛을 받고 있었다.
'지워지지 않을 거야. 그러니까 걱정 마, 아루스.'
에알룸은 아루스를 보내고 늦은 저녁을 먹은 후 지쳐서 잠자리에 누웠다. 창을 통해서 쓸쓸히 자신을 내려다보는 별들이 보였다.
'안녕, 별들아. 인사가 늦어서 미안하다.'

에알룸은 아루스와의 짧았던 행복을 기억 속에 묻어 두기로 했다. 더 힘들어하는 모습을 그에게 보여주고 싶지 않았다.
'아까 아루스에게 작별인사를 했어야 했어.'

그날 이후 트리드와 눈이 마주칠 때마다 에알룸은 애써 태연한 척 하며 이렇게 말했다.
"괜찮아요 아빠, 난 정말 괜찮아요."

에알룸은 그날 저녁 피리를 서랍 깊숙한 곳에 넣어 두었다.

유난히 더웠던 여름이 지나가고 아침저녁으로 선선한 기온이 이포 숲을 감쌌다. 에알룸의 몸은 지나가버린 시간만큼 쇠약 해지고 가벼워져서 작은 바람조차 버틸 힘이 없었다. 하지만 아름다웠던 시간을 만들어 주었던 지난여름에 고마워했다. 창 밖은 다시 그림이 되었고 추억은 한 방울의 눈물이 되었다.

에알룸은 아루스를 잊기로 했다.

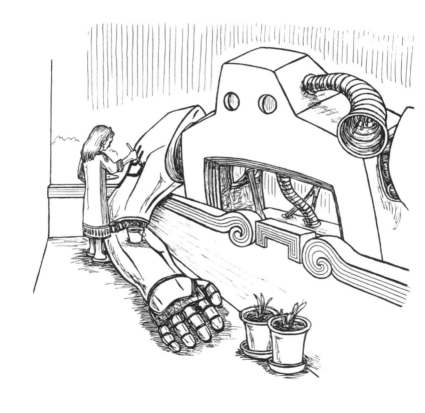

34. 아루스의 팔에 알렘의 나무를 그려주는 에알룸

"아빠, 바람을 보고 싶어요."

며칠 뒤 에알룸이 스케치북에 그린 그림 하나를 트리드에게 보여주며 말했다. 기둥 위에 커다란 링이 달려있는 그림이었다.

"무엇을 그린 거니, 에알룸?"

"철로 된 구조물을 그린 거예요. 이것을 만들어 주세요. 키는 아루스만 하면 될 것 같아요. 링의 바깥쪽을 따라서 구멍을 뚫어 주세요. 천에 고리를 끼워 그 구멍에 걸어 둔다면 창문을 닫아도 바람을 볼 수 있잖아요."

"알았다 에알룸, 최고의 장인에게 부탁해서 꼭 만들어 줄게."

트리드는 아직도 자신이 딸을 위해 해 줄 것이 남아있는 것이 그나마 다행이라고 생각했다.

며칠 뒤 성의 정원에는 에알룸의 바람대로 열 두 개의 구멍이 있는 철제 원형 조형물이 세워졌다. 그날 오후 트리드는 열 두 개의 하얀 색 천을 에알룸의 방에 가져와서 가지런히 바닥에 내려놓고 말했다.

"구멍에 매달 천을 가져왔다. 무슨 색으로 칠해 줄까, 에알룸?"

하나하나의 천이 에알룸 키의 두 배는 되어 보였다.

"고민해 볼게요, 아빠. 거기에 두고 가세요."

그날 밤 에알룸은 남아있는 프라프라 꽃의 물감을 물에 희석시켜서 큰 붓으로 열두 개의 천에 색을 칠했다. 다음 날 트리드는 그것들을 고리에 끼워 철 조형물의 구멍에 걸어주었다.

35. 철 조형물을 바라보는 에알룸

계절이 바뀌어 찬바람이 불 때 쯤 이른 잠을 청하려고 창을 닫으려던 에알룸이 놀라서 소리쳤다.

"아루스!"

아루스가 예전처럼 에알룸의 창 앞에 와 있었다. 피리를 분 것이 아니었기에 아루스가 언제부터 여기에 와 있었는지 알 길이 없었다. 에알룸은 잠시 감정을 추스르고 가만히 서서 아루스의 눈을 쳐다보았다. 신기하게도 아루스의 눈에서 둘이 만나지 못했던 지난날들의 하늘이 보이는 것 같았다. 에알룸은 자신의 시력이 많이 떨어진 것을 알기에 아루스의 눈에서 본 변화하는 하늘은 자신의 상상이 투영된 것일지도 모른다고 생각했다. 하지만 아루스의 팔에 그려준 그림은 마치 오래 전부터 새겨져 있었던 것처럼 더욱 더 선명하게 보였다.

아루스는 천천히 자신의 귀를 움직여 에알룸의 귀 가까이 가져갔다. 에알룸은 조용히 눈을 감았다. 아루스의 귀에서 그녀가 잊고 있었던 소리들이 들리기 시작했다. 밤벌레의 소리와 작은 새들의 지저귐, 시냇물이 돌들 사이로 흐르는 소리, 바람에 나뭇잎이 서로 부딪히는 소리들이 예전처럼 그녀를 이포 숲으로 데려다 주었다. 아름다웠던 초록의 기억들이 잊지 못할 황금빛 추억으로 변하고 있었다.

에알룸은 왼손을 이마에 대고 잠시 생각에 잠겼다. 계획하지 않은 일을 해야 할 것 같을 때 그녀가 하는 버릇이었다.

"이러지 않았어도 되었는데... 잠시 기다려 주겠니 아루스? 내 그림들을 답례로 주고 싶어."

에알룸은 서랍을 뒤적여 그간 그렸던 그림이 들어있는 스케치북을 꺼내어 창가에 놓고 아루스의 눈을 보며 조심스레 오른손을 내밀었다.

'너도 나처럼 손을 내밀어 봐, 아루스.'

에알룸은 창 안으로 들어온 아루스의 커다란 오른손 바닥에 조심스레 두 권의 스케치북을 올려놓았다.

'너는 바람처럼, 소리처럼, 계절처럼 지나가 버리지 않을 거잖아. 그래서 네게 주는 거야.'

에알룸은 지난날 알렘의 씨앗을 소중하게 다루었던 아루스의 마음을 잊지 않고 있었다. 그녀의 스케치북도 아루스가 그렇게 간직해 줄 것 같았다. 에알룸은 결국엔 혼자 남게 될 아루스를 생각하니 짧은 삶을 사는 인간이, 아니 그보다 더 일찍 사라져 버릴 자신이라도 아루스 보다는 행복할 것 같았다. 에알룸은 몇 발자국을 뒷걸음질로 가서 쓰러지듯 소파에 앉아 눈을 감았고 아루스는 천천히 뒤돌아서 숲 쪽으로 걸어갔다. 스케치북이 놓여 있는 아루스의 오른손 바닥은 에알룸을 태운 듯 여전히 하늘을 향하고 있었다.

에알룸은 잠시 후 갑자기 한기를 느끼고 번쩍 눈을 떴다. 그녀는 팔뚝을 양손으로 감싸고 창가에 서서 이포 숲의 어둠 속으로 사라지는 아루스를, 그리고 아루스가 사라진 숲의 어둠을 한참 동안 지켜보았다. 아루스가 두고 갔던 소리들이 찬바람이 되어 그녀의 옷깃을 파고들었다.

불현듯 루세이 산의 언덕에서 석양을 보며 불었다던 엄마의 휘파람 소리가 미치도록 듣고 싶어졌다.

"아루스, 고마워."

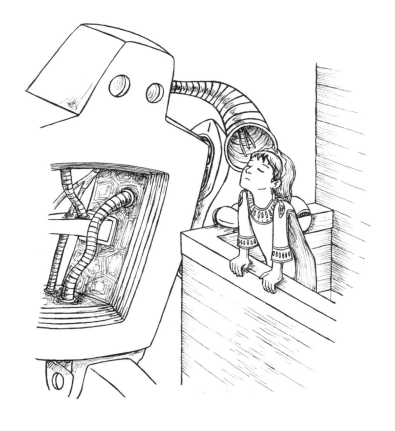

36. 에알룸에게 이포 숲의 소리를 들려주는 아루스

에알룸은 더 이상 피리를 불지 않았지만 아루스는 지난여름처럼 며칠에 한 번씩 다시 에알룸에게 찾아와서 그녀에게 이포 숲과 물래 마을의 소리를 들려주었다.

'만약 아루스에게 입이 있었다면 나와 대화를 나눌 수 있었을까? 아니면 내게 미소라도 지어보였을까?'
에알룸의 시간은 빠르게 흘러가고 있었다. 그녀의 눈을 가린 커튼은 점점 두꺼워져서 그렇게 바라던 하얀 눈이 하늘에서 내려도 알아차리지 못할 것 같았다. 귀도 많이 어두워져서 트리드가 자신을 부르는 소리도 한 번에 알아듣지 못했다. 트리드는 예전보다 자주 그의 딸을 찾아주었다.

어느 날 아침 에알룸은 이제 정말 아루스를 떠나보낼 때가 되었다고 생각했다. 그것은 아루스와 자신을 위해 내린 큰 결정이었다. 그날 늦은 오후 아루스가 찾아왔을 때 에알룸이 차마 떨어지지 않는 입을 열었다.
"아루스, 이제 되었어. 이포 숲의 소리들을 더 가져오지 않아도 돼. 이제 나는 거의 아무 소리도 들을 수 없는 걸. 그러니 더 이상 나를 찾아오지 말아줘. 네게 낯선 내 모습을 보여주고 싶지 않아, 이런 내 마음을 지켜줘."

에알룸은 자신의 이야기를 아루스가 제대로 알아들었을 것이라고 생각했다.

"그리고... 걱정은 하지마, 난 괜찮아. 난 준비하고 있었거든."

아루스의 눈 속에 보이는 석양이 파도를 만난 것처럼 걷잡을 수 없이 흔들리는 것 같았다. 그녀는 아루스를 위로하고 싶었다.

"힘들어하지 마 아루스, 이건 자연스러운 거야. 내 친구가 되어 줘서 고마워. 언젠가 새로운 운명이 틀림없이 나와 같은 친구를 너에게 또 만나게 해 줄 거야."

에알룸과 아루스에게 가장 힘든 시간이 이렇게 지나가고 있었다. 에알룸은 떠나는 아루스의 뒷모습에서 주인 잃은 소리들이 떨어지는 것을 보았다. 그러고 보니 아까부터 찬바람이 에알룸의 방으로만 불고 있었다. 에알룸은 창문을 닫고 소파에 몸을 기댔다. 성의 정원에는 동그란 고리에 달려있는 열 두 개의 연 갈색 천이 바람에 요동치고 있었다.

37. 철 구조물에서 요동치는 12개의 연갈색 천들

아루스는 곧바로 거친 쇳소리를 내며 빠른 걸음으로 에알룸과 달빛을 맞던 이포 숲으로 걸어갔다. 그리고 잠시 후 숲의 한 가운데서 멈추어 섰다. 모두 잠든 것처럼 사방이 조용한 가운데 환한 보름 달빛이 숲의 나무들과 아루스를 비춰주고 있었다. 아루스는 상체를 들어 달을 쳐다보았다. 에알룸과 함께 이곳에 있었던 시간들을 돌이켜보는 것 같았다. 아루스는 왼손으로 그의 귀를 잡아서 천천히 뜯기 시작했다. 그의 귀와 연결된 모든 것들이 날카로운 소리를 내며 하나하나 끊어지고 있었다. 물래 마을에서 들을 수 없었던 낯선 쇳소리가 오래도록 이포 숲에 뒹굴었다. 그의 귀가 낙엽이 깔려있는 바닥에 "툭" 하고 떨어졌을 때 많은 새들이 큰 소리를 내며 날아가 버렸다. 떨어져 버린 아루스의 귀는 세상에서 가장 무겁고 의미 없는 물건처럼 보였다.

소파에서 선잠이 들었던 에알룸의 눈이 순간 번쩍 떠졌다. 그날 밤 그녀는 더 이상 잠을 이룰 수 없을 것 같았다.

'다시는 널 볼 수 없겠지….'

38. 이포 숲 달빛 아래서 자신의 귀를 뜯는 아루스

에알룸은 얼마 남지 않은 자신의 삶에서 한 번쯤은 아루스를 더 만날 수 있지 않을까 하는 기대를 가졌었다. 하지만 그 날이 이렇게 일찍 올 줄은 몰랐다. 불과 이틀 후에 아루스가 에알룸을 다시 찾아온 것이다. 에알룸은 창밖이 어두워졌음을 느끼고 힘들게 몸을 일으켜서 창을 열었다. 흐려진 시야 탓에 아루스의 모습이 명확하게 보이지는 않았지만 그에게 뭔가 심상치 않은 일이 벌어졌다는 것을 느낄 수 있었다. 달빛에 비친 아루스의 실루엣이 낯설어 보였기 때문이었다. 아루스가 더 가까이 다가왔을 때 에알룸은 그의 모습을 보고 주저앉고 말았다.
"무슨 일이 있던 거니, 아루스?"

아루스도 그녀와 마찬가지로 온 몸에 힘이 하나도 없는 것처럼 보였다. 에알룸은 크게 다치고 돌아온 남동생을 바라보는 안타까운 마음으로 아루스를 어루만져 주었다. 그의 귀가 있던 자리에 뚫려 있는 구멍은 낯선 세상으로 들어가는 통로처럼 느껴졌다. 그녀는 아루스가 내민 손을 어루만졌다.
"미안해."

아루스의 마음이 텅 빈 그의 눈과 구멍 난 귀를 통해 이제까지보다 더 간절하게 에알룸의 몸으로 전해지고 있었다. 에알룸은 창밖에 서 있는 아루스를 마주한 채 소파에 앉았다. 그의 눈에는 이미 깊은 어둠이 깔려 있었다.

그날 밤 아루스는 에알룸을 떠나지 않았다.

그녀는 아름다웠던 아루스의 귀, 그리고 그것이 들려주었던 아름다운 소리들을 기억해 보려고 노력했다. 달빛이 구름에 가려질 때까지 둘 사이에 깊은 적막이 흘렀다. 에알룸은 지쳐서 눈을 감았으나 깊은 잠에 빠지지 못하고 뒤척이다가 새벽녘이 되어서야 얕은 잠이 들었다. 아루스가 창 밖에 있었기에 창문을 닫지 않았지만 그날의 새벽바람은 그리 차갑게 느껴지지 않았다. 길지 않은 시간이 흐른 후 에알룸이 깨어났을 때 그녀에게는 담요가 덮여 있었고 커튼과 창문은 닫혀 있었다. 에알룸은 소파에서 벌떡 일어나 커튼을 걷고 창문을 활짝 열었다. 아직 주변이 어두운 가운데 아루스는 여명을 받으며 그 자리에 그대로 서 있었다.

"아름다운 꿈을 꾸었어, 아루스."
아루스에게 다가가는 에알룸의 흐릿한 시야에 들어온 건 그의 텅 빈 뱃속에 있는 검붉은 색의 핏줄이 무언가에 반응하듯 붉게 변하고 있는 모습이었다. 그녀는 무엇이 아루스를 변화시키는 것인지 궁금하여 주변을 둘러보았다. 알렘의 씨앗을 넣어 두었던 책상 서랍 틈으로 새어나오는 빛이 아직 어두운 그녀의 방을 희미하게 밝히고 있었다. 서랍을 열어보니 놀랍게도 씨앗의 주름 사이에서 나온 밝은 빛이 이미 그 안을 가득 채우고 있었다.

'언제부터였을까?'

에알룸은 아껴 두었던 화분을 꺼내어 알렘의 씨앗을 정성스레 심었다. 씨앗의 빛이 잠시 동안 화분을 등처럼 밝게 만들고는 숨을 고르듯 서서히 사라졌다.

"이것을 어디에 두어야 할지 고민이 많았어. 너에게서 왔으니 너에게 돌려줄게. 그렇게 하는 것이 맞는 것 같아. 알렘은 다른 알렘과 가까이 있으면 서로 반응을 한다지? 그러니 이제는 알렘을 찾아다니기 어렵지 않을 거야."

에알룸은 화분에 밧줄을 걸어 아루스의 귀가 있던 구멍 깊숙이 넣어 주었다. 알렘의 씨앗이 담긴 화분이 아루스의 귓속 바닥에 "텅" 하고 닿는 순간 에알룸은 마지막 책임을 완수한 사람처럼 밧줄을 쥔 손을 힘없이 놓아버렸다. 에알룸의 손에 있

던 밧줄도 그동안 그 둘이 들었던 모든 소리들을 휘감고 아루
스의 귓속으로 떨어졌다. 긴 추억의 소리가 트리드의 성 전체
에 울려 퍼졌다.

39. 아루스의 구멍난 귀에 알렘의 씨앗을 집어넣는 에알룸

다음날 아침 에알룸은 피리가 담겨있는 작은 나무상자를 들고 트리드에게 말했다.

"아빠, 이 상자를 제 옆에 두셨으면 좋겠어요. 하지만 너무 깊지 않게 묻어 주세요. 깊게 묻으면 아무도 내 친구를 다시 만나지 못 할 수도 있으니까요."

트리드는 딸의 유언대로 루세이 산의 언덕에 있는 아드아브 나무 아래 에알룸과 나무 상자를 묻었다. 물래 마을의 하늘이 밝아오고 있었다.

40. 알렘의 나무로 만든 피리가 들어있는 나무 상자

에알룸의 언덕에서

위드미드와 루알렌(2)

늦은 오후의 바람이 에알룸의 언덕에 불어주고 있었다. 나는 루알렌의 옆에 앉아서 잠든 그 아이의 머리를 내 무릎 위에 올려놓고 담요로 어깨를 감싸 주었다. 루알렌이 눈을 떴을 때 나는 손수건을 꺼내어 그 아이의 이마에 맺힌 땀을 닦아주며 말했다.

"우리 공주님이 무슨 꿈을 꾸었을까?"

여운이 긴 꿈을 꾸었는지 아직도 루알렌의 어깨가 살짝 떨리고 있었다.

루알렌이 내게 눈을 맞추고 천천히 몸을 일으키면서 말했다.

"어떻게 아셨어요? 꿈에서 정말 공주가 되었어요."

나는 루알렌과 나란히 앉아서 그 아이의 꿈 이야기를 모두 들어주었다.

"네 이야기를 들으니 이제야 내 첫 단추가 제대로 끼워진 느낌이 드는구나."

갑자기 내 친구 아루스에 대한 연민이 밀려왔다.

나는 다시 한 번 이 여행을 루알렌과 같이 온 것에 대해 감사했다. 작은 소리로 무언가를 중얼거리던 루알렌이 갑자기 의미심장한 표정을 하고 내게 물었다.

"제 이름을 할아버지가 지으셨다죠?"

"그랬지, 난 네 이름을 〈에알룸〉이라고 지어주고 싶었단다. 내가 가장 만나고 싶었던 전설 속의 인물이었고 내겐 완벽한 이름이었으니까. 하지만 너를 그 이름에 가둬 두게 될까봐 겁이 나더구나. 그래서 내가 생각하게 된 이름이 〈루알렌〉이었단다."

"그래서 에알룸이란 이름이 그렇게 친근하게 느껴졌던 것이군요."

"맞아, 하지만 에알룸은 에알룸의 인생을 살았으니 루알렌은 루알렌의 인생을 살아야지."

루알렌이 미소 띤 얼굴로 두 이름을 되뇌었다.

"루알렌, 에알룸, 루알렌, 에알룸…"

"참, 할아버지의 이야기는 끝난 건가요?"

41. 늦은 오후의 바람

위드미드의 귀에 무언가 거대한 것이 부서지는 소리가 들렸다. 위드미드가 그 소리에 감았던 눈을 떴을 때는 검게 그을린 아루스가 자신과 얼마 떨어지지 않은 곳까지 와 있었다.

'내가 불었던 아퓌르의 소리를 들은 것일까?'

철 무지개의 동쪽 끝에 있던 아루스는 무지개의 아치를 타고 올라오던 뜨거운 빛을 뚫고 엄청나게 빠른 속도로 위드미드에게 온 것이 틀림없었다. 그는 위드미드 옆에서 그 열기를 막고 한 치의 머뭇거림 없이 철 무지개를 파괴하기 시작했다. 위드미드의 머리 위로 햇볕을 가려주던 커다란 손이 이제는 철 무지개를 부수고 있는 것이었다. 철 무지개 아래에서는 우왕좌왕하는 마을사람들의 거친 비명소리가 들렸고 곧 이어 귀청을 뚫는 폭발음과 함께 주변의 모든 것이 날아가 버렸다. 광장을 환하게 비추던 철 무지개의 빛이 사라지고, 다시 찾아온 어둠이 모여 있는 사람들을 삼키고 있었다. 아루스의 방도 부서져 버렸으며 그 충격에 정신을 잃은 위드미드는 추락하고 말았다. 그 순간 아루스는 철 무지개를 잡고 있던 손을 놓고 떨어지는 위드미드를 잡았으나 그 역시 위드미드와 함께 까마득한 광장 바닥으로 떨어졌다.

마을사람들이 수백 년 동안 바랐던 꿈이 순식간에 사라져 버렸다. 재앙이 되어버린 희망의 순간이었다.

그 자리에 모여 있는 마을 사람들의 눈에 비친 모습은 아루스가 철 무지개를 무지막지하게 파괴했다는 것, 그리고 그로 인해 어딘가에 있었던 작은 아이가 크게 다쳤다는 것이었다. 희망의 상징이 증오의 대상이 되어 버렸다.

잠시 후 위드미드는 참을 수 없는 통증과 시끄러운 소리에 눈을 떴다. 이마에서부터 흘러내린 뜨거운 것이 눈을 가려 앞이 잘 보이지 않았지만, 마을 사람들이 바닥에 떨어져 있는 자신을 둘러싸고 걱정스런 눈빛으로 내려다보고 있다는 것을 알 수 있었다. 자욱한 연기 속에서 사람들의 머리 뒤로 조금 전까지 자신이 머물렀던 철 무지개와 아루스의 방이 흐릿하게 보였다. 간신히 고개를 돌려 주변을 살폈지만 아루스는 보이지 않았다.

42. 철 무지개에서 떨어진 위드미드를 내려다보는 마을 사람들

에알룸이 다시 석양에 젖었다. 육십년 전 그날처럼 선선한 바람이 루세이 산의 능선을 타고 동쪽에서 불어주고 있었다. 나는 루알렌의 어깨를 포근히 감싸주었다. 에알룸과 함께 이곳에서 석양을 바라보고 싶었던 트리드의 간절했던 소망이 나와 루알렌을 통해서 이루어지는 것 같았다. 루알렌이 잠시 생각에 잠겼다.

"그 때 머리를 다치셔서 아루스와의 시간들을 기억하지 못하셨던 거군요."
"하지만 지금은 마을의 하늘을 덮고 있던 구름이 사라졌던 것처럼 기억속의 안개가 모두 걷힌 것 같아."
"그렇게 높은 곳에서 떨어지셨는데... 그래도 정말 다행이에요."
"이제라도 아루스에게 고마워 할 수 있게 된 것이야 말로 정말 다행인 것이겠지."

방금 어려운 수학문제를 푼 것처럼 만족스런 표정을 짓던 루알렌이 금세 다시 궁금한 얼굴로 내게 물었다.
"할아버지, 마을을 떠나던 날은 기억나세요?"

43. 에알룸의 언덕에서 석양을 바라보는 위드미드와 루알렌

머리에 붕대를 감고 마차의 뒷자리에 앉은 위드미드는 지금 이 순간 그가 왜 이삿짐이 잔뜩 실린 마차를 타고 에알룸을 떠나야 하는 건지 알 수 없었다. 어떤 일이 이 당황스런 상황을 만든 것인지 정말 궁금했다.

누구라도 붙잡고 묻고 싶었지만 말이 잘 나오지 않았을 뿐더러 그럴수록 온몸의 통증만 더해갔다.

위드미드는 몸을 뒤로 돌려서 다시는 돌아오지 못할 것 같은 에알룸을 눈에 담기 시작했다. 옆자리에 앉아있는 엄마가 그의 등을 쓸어주며 말했다.
"눈을 감고 머리를 의자에 기대도록 해 위드미드, 안정을 취해야 해."
위드미드는 엄마의 말이 들리지 않는 듯 멀어지는 에알룸을 넋을 잃고 바라보고 있었다. 몇 명의 이웃이 손을 흔들어 잘 가라는 인사를 하고 있었다. 아직도 남아있는 이포 숲과 바람의 놀이터에 대한 기억이 위드미드의 머릿속에 어렴풋하게 맴돌았다.

'아루스는 어떻게 되었을까?'

에알룸의 철 무지개가 더 이상 보이지 않게 되자 비로소 위드미드는 고개를 앞으로 돌렸다. 마차를 모는 사람과 앞자리에 앉아 있는 아빠는 한 번도 에알룸을 돌아다보거나 위드미드에게 시선을 주지 않았다. 위드미드는 힘들게 뜨고 있던 눈을 감고 언제 깰지 모르는 긴 잠에 빠져들었다.

44. 마차를 타고 몰래 마을을 떠나는 위드미드 가족

이야기를 마치고 보니 문득 루알렌에게 묻고 싶었던 것이 생각났다.

"루알렌, 우리가 여기 오기 전에 비가 많이 왔잖니?"

"장마철이었으니까요."

"그날은 왜 그 옷이 입고 싶었던 거니? 비가 와서 밖에 나갈 수도 없었는데.."

루알렌이 잠시 생각한 후 대답했다.

"아, 그 단추가 많은 하얀색 블라우스 말이죠? 그 옷이 이제 제게 맞는다는 것을 보여드리고 싶었어요. 제가 어릴 때 할아버지가 크거든 입으라고 하면서 사 주신 거잖아요."

"그 옷을 내가 사 주었다고?"

"그 옷에 있는 열 두 개의 단추가 무언가를 생각하게 한다고 하셨어요."

두 번의 바람이 더 불고 나서 루알렌이 입을 열었다.

"철 무지개에서 떨어진 후 아루스는 왜 여기에 온 걸까요?"

"자신의 쉴 곳이 있던 철 무지개가 부서져 버렸으니 사람들을 피해 그가 있을 곳은 아마도 여기밖에 없었을 거야."

"아루스는 할아버지를 구하려 한 것이었잖아요."

그렇게 말하는 루알렌의 눈시울이 붉어졌다.

"하지만 마을 사람들은 모두 그렇게 생각하지 않았겠지, 그러니 그 사건 이후에 아루스가 무엇을 더 할 수 있었을까?"

"아무것도 없었겠네요."

루알렌은 다시 철 무지개를 쳐다보았다.

"아마도 기다리는 것 말고는 할 수 있는 것이 아무것도 없었을 거야. 아퓌르의 소리를, 알렘의 꽃을, 그날의 진실이 밝혀지기를, 어쩌면 사람들에게 영원히 잊혀 지기를....

"아루스가 말을 할 수 있었다면 달라졌을까요?"

"누가 알겠니?"

그 블라우스에 대한 이야기는 기억이 나지 않았지만 상관없었다. 축제 때 상인이 내 이야기에 만족했던 것처럼 이 정도의 기억으로도 내 남은 삶을 위한 선물로는 충분하다는 생각이 들었기 때문이다. 에알룸의 언덕에서 맞이하는 잊지 못할 두 번째 석양이 그렇게 물들고 있었다.

'더 어두워지기 전에 내려가야겠군.'

나는 어느새 놓았던 일상으로 다시 돌아갈 준비를 하고 있었다.

"할아버지!"

아루스의 귀에서 자라난 알렘의 나무를 유심히 바라보던 루알렌이 고개를 돌려 작은 소리로 나를 불렀다.

"왜 그러니, 루알렌?"

그녀가 내 귀에 다가와서 속삭이듯 말했다.

"아루스가 뜨거워지고 있어요."

부록
디자인 스케치

언덕위의 아루스
«ARUS on the Hill»

등장 인물
Characters

아퓌르
Apuir (13cm)

알렘
Alem (4m)

Hu

아드아브
Adab (20m)

프라프라
Prapra (0,3m)

리카리아
Ricaria (0,5m)

상인
Merchant (42 age)

위드미드
Widmid (12 age)

위드미드
Widmid (72 age)

루알렌
Luallen (12 age)

트리드
Treed (42 age)

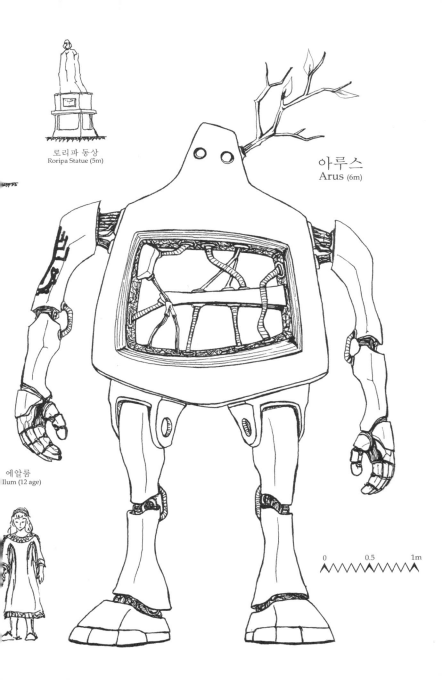

로리파 동상
Roripa Statue (5m)

아루스
Arus (6m)

에알룸
Ilum (12 age)

0   0.5   1m

언덕위의 아루스

≪ARUS on the Hill≫

철 무지개
Iron Rainbow

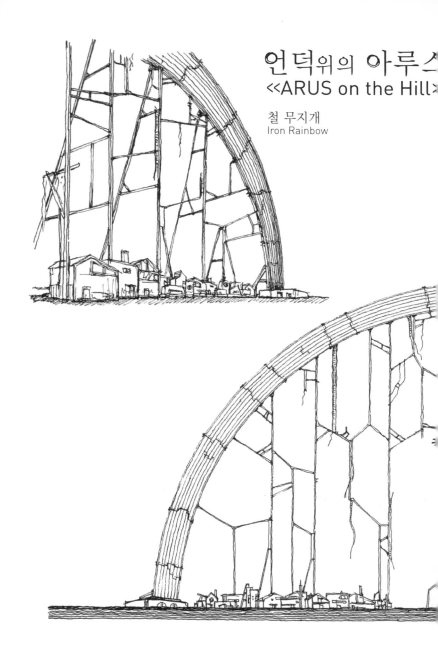

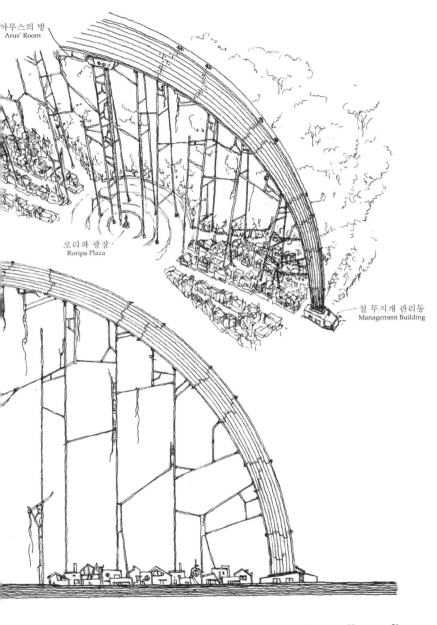

아루스의 방
Arus' Room

로리파 광장
Roripa Plaza

철 무지개 관리동
Management Building

0   25   50m

언덕위의 아루스
≪ARUS on the Hill≫

트리드의 성
Castle of the Treed

0   10   20m
∧∧∧∧∧∧∧∧∧∧∧

태양열 / 풍력발전 기기
Solar / Wind Generater

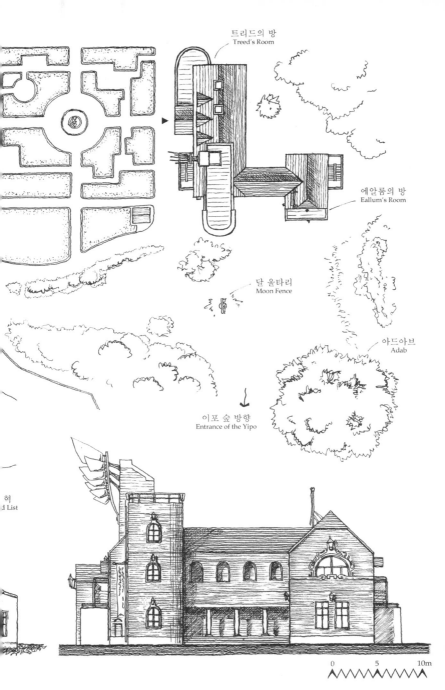

트리드의 방
Treed's Room

에알룸의 방
Eallum's Room

달 울타리
Moon Fence

아드아브
Adab

이포 숲 방향
Entrance of the Yipo

혁
d List

0   5   10m

언덕위의 아루스
≪ARUS on the Hill≫

물래 마을
Mullae Village

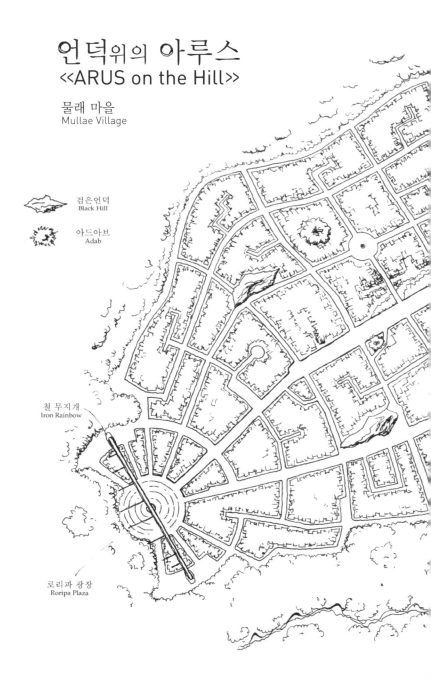

검은언덕
Black Hill

아드아브
Adab

철 무지개
Iron Rainbow

로리파 광장
Roripa Plaza

드의 집
s House

후릴린 광장
Hurylin's Plaza

마을 입구
Entrance

철문
Iron Gate

루세이산 입구
Entrance of the Lousei

N

에알룸의 언덕 (해발 120m)
Eallum's Hill (Sea Level 120m)

트리드의 성
Castle of the Treed

바람의 놀이터
Wind Playground

이포 천
Yipo Brook

0   100   200m

2017년 6월24일